캐스터 탐정

금요일 23시 20분의 남자

슈도 레나 지음

손종근 옮김

캐스터 탐정

금요일 23시 20분의 남자

EVENING SCOOP

RENA SHUHDOH
슈도 레나 지음
손종근 옮김

캐스터 탐정
금요일 23시 20분의 남자

CONTENTS

금요일 23시 20분의 남자

1

책상 위에 놓여 있던 스마트폰 알람이 진동과 함께 울려 퍼졌다.

지금, 마침 펜이 분위기를 타고 있는——실제로는 키보드를 두드리고 있지만——참이지만 어쩔 수 없이 나는 책상 앞을 벗어나 거실로 향했다.

85인치 거대 화면의 텔레비전을 켜고 소파에 앉았다.

백만 엔 이상이라는 이 텔레비전으로 보는 영화는, 영화관보다는 물론 못 하지만 충분히 박력이 있다. 무슨 일이든 공을 들이는 '그'가 홈시어터로 쓰고 있으니, 더더욱.

하지만 내가 지금부터 보는 건 영화가 아니다.

매주 금요일, 23시 20분.

화면에 항상 보는 방송 로고가 떠오르고, 이어서 '그'가 비쳤다.

"안녕하십니까. 이브닝 스쿠프 시간입니다. 금요일은 저,

아이 유이치로와 함께, 오늘 벌어진 뉴스의 이모저모를 돌아보도록 하시죠."

85인치 대화면으로 봐도 흠 따윈 조금도 찾을 수가 없다. 미남, 이라는 말로 표현하는 것이 아까울 만큼 완벽한 미모를 자랑하는 그 얼굴에, 지금 얼마나 많은 사모님이 텔레비전 앞에서 황홀해하고 있을까.

'이브닝 스쿠프'는 월요일부터 금요일의 23시 20분부터 오전 0시 40분까지 전국 방송인 N 텔레비전에서 방영되는 뉴스 방송이지만, 금요일만이 심야 가까운 이 시간대임에도 불구하고 매회 20퍼센트가 넘는 시청률을 기록 중이라고 한다.

이유는 당연히 이 남자. 화면을 바라보는 내 눈앞에서 다른 요일보다 10퍼센트 이상의 차이를 벌리고 있는 뉴스 캐스터, 아이는 참으로 상쾌한 미소를 지으며 오늘 방송의 개요에 관해서 설명을 시작했다.

"오늘의 주요 뉴스 후, 지난주 이 시간에 전해드린 SNS를 사용한 조직적인 결혼 사기 그룹이, 그 보도를 계기로 일제히 적발되었다는 소식에 대해 자세히 알려드리고자 합니다."

아, 실수했다. 조명을 받으면 오렌지색은 옅어져서 노란색처럼 되어버리나. 하얀 셔츠에 저 넥타이는 조금 인상이 흐려지고 마는구나.

다음부터 주의하자. 그리고 뭐, 평소처럼 용모는 완벽하다. 그래그래, 그만 고개를 끄덕이고 만 것은, 그의 복장 코디네이터를 내가 담당하고 있으니까.

'금요일 23시 20분의 남자' '사모님의 아이돌'이라는 별명을 가진 뉴스 캐스터 아이 유이치로와 나, 타케노우치 마코토의 관계는, 현재 그의 개인 사무소에서 일하는 사장과 종업원의 관계지만 원래는 고등학교와 대학교를 함께 다닌 동급생이었다.

'아이(愛)'라는 성씨를 많은 사람은 그의 예명이라고 생각하지만, 사실은 본명이다. 다만 나도 고등학교 1학년 때, 그와 만날 때까지 세상에 '아이'라는 성씨가 존재한다는 것을 몰랐다.

입학식 후, 뽑기로 처음 자리를 바꾸면서 아이와 나는 짝이 되었다. 여자가 남자보다 두 명 적었으니까 남자들끼리 앉게 되었는데, 반에서 동성과 짝이 된 것은 우리뿐이었기에 그 불운을 나는 한탄했다.

"미안해. 짝이 나라서."

하지만 그러면서 쓴웃음 짓는 아이에게 딱히 생각하는 바는 전혀 없었다. 그리고 '불운'이라고 한 것은 여자의 짝이 아니었다는 것도 물론 아니었다.

그저 그의 짝을 노리던 여자들의 날카로운 시선에 기겁한 것뿐이었다.

직접 '자리를 바꿔달라'라고 말한 녀석은 세 명이었지만, 아마도 반의 여자들 전원이 그 바람을 품고 있었음이 틀림없다.

그만큼 반 안에서 아이의 존재는 눈에 띄었다.

고등학교 1학년 때 이미 키가 170센티미터는 가볍게 넘었다. 참고로 대학교에 들어갈 무렵에는 180센티미터를 넘겼다.

균형이 잡혔다고 할까. 8등신인지 9등신인지, 그렇게 여겨질 정도로 스타일이 좋고 다리가 길다.

얼굴은 이미 '좋다'라는 말밖에 표현할 길이 없었다. 다부진 눈썹, 또렷한 쌍꺼풀에 눈은 살짝 처진 느낌으로, 살짝 하얀 피부가 짙고 긴 속눈썹과 어우러져서 외국인 같은 인상을 준다.

오똑한 콧날, 너무 두껍지도 얇지도 않은 입술, 깔끔한 치

캐스터 탐정

열, 모델이나 배우 중에도 이렇게까지 단정한 얼굴의 남자는 없을, 그런 그의 모습은 입학식이 진행되는 체육관 안에서도 잔뜩 눈에 띄었다.

입학식을 마치고 반에서 자기소개를 할 때, '아이'라는 성씨기에 1번 타자가 될 가능성이 높을 그의 자기소개 시간에, 반의 여자들은 물론 남자들까지도 시선을 빼앗기고 귀를 빼앗겨버렸던 것이었다.

"안녕하세요. 아이 유이치로입니다. 아버지 일로 중학교 3년 동안은 런던과 뉴욕에 있었습니다. 일본에서 생활하는 건 3년 만이니까 엉뚱한 소리를 할지도 모르겠지만, 너그럽게 봐주신다면 좋겠습니다."

미소에 빠지고 상쾌한 말투에 또 빠진다. 또한 그의 목소리도 좋았다. 지금보다 조금 하이톤이었지만 '달콤하다'라고 표현할 수밖에 없는 미성이었다.

덧붙여서 귀국 자녀. 런던과 뉴욕이니까 영어도 능숙했다.

외모도 내용물도 왕자님 캐릭터인 아이가, 반만이 아니라 학년의——아니, 학년을 넘은 전교생에게 동경의 대상이 되는 것은 시간문제였다.

모두에게 '동경의 대상'이었던 것이 원인인지, 아니면 애당초 '박애주의자'인지, 아이는 누구에게나 다르지 않은 태도로 항상 친근함을 담아서 대응했다.

누구와도 사이가 좋았으니 나도 짝일 때에는 자주 이야기를 나누었지만, 2학기에 자리를 바꾸어 멀어지자 대화를 나눌 기회도 격감했다.

그 후로는 특별히 친한 것도 서먹한 것도 아닌, 아이의 입장에서는 '그 밖의 다수' 안에 파묻혔다. 같은 대학교에 진학했지만 그곳에서도 아이는 모두에게 '동경의 대상'이었고 역시나 나는 '그 밖의 다수'였지만, 어떤 일을 계기로 이제는 하루 종일, 거의 수면 시간을 제외하고는 그와 함께 지내는 사이가 되었다.

인생이란 재미있는 것이다, 그런 감개에 잠겨 있는 사이에 방송은 끝을 맞이하고 있었다.

"슬슬 작별의 시간입니다. 다음 주에는 오늘 전해드린 고베 사건을 파고들고자 합니다. 그럼 여러분, 좋은 주말 되시길."

참으로 상쾌하게 미소 짓고 머리를 숙인다.

지금쯤 전국에서는 상당한 숫자의 사모님들이 텔레비전 화면 앞에서 한숨을 흘리고 있음이 틀림없다. 소문에 따르면 방송이 끝난 순간부터 다음 주까지 아이를 만날 수 없다며 슬퍼하는 '아이 캐스터 로스'라는 현상이 벌어지고 있다나.

아이는 이후로 스태프와 모니터링을 가진 뒤 귀가한다. 목욕물을 받아둘까. 아니면 귀가 후에는 가볍게 한잔할까. 안주가 될 만한 거, 뭐라도 만들어둘까——그렇게 마치 '너는 마누라냐'라고 딴죽을 걸 법한 일을 하려는 건, 지금 아이와 동거하고 있기 때문이다. '수면 시간을 제외'한 시간을 공유한다는 것은 그런 의미다.

목욕물을 받고, 안주로는 요전에 무척 호평이었던 고등어 통조림을 이용한 아히죠를 또 만들기로 했다.

맥주도 화이트와인도 차갑게 식혀뒀다. 오늘은 일본주, 라고 해도 대응이 가능하다. 좋아, 그렇게 고개를 끄덕인 그때 인터폰이 실내에 울렸다.

N 텔레비전 근처에 있는 이 아파트는 보안이 잘 되어 있어서 현관을 들어올 때와 엘리베이터 홀에 들어올 때, 두 곳에 방범 카메라가 달린 오토록을 거치게 된다.

인터폰 화면을 보니 영상은 비치지 않았다. 현관 앞에는 방범 카메라가 달려 있지 않은데, 그렇다면 인터폰을 누른 건 이 방의 주인, 아이밖에 없다.

문득 장난기가 싹터서 문을 열며 평소의 '장난'을 치기로

했다. 문을 크게 열고, 있는 힘껏 만든 가성으로 밖에 있을
아이에게 말을 건넸다.

"당신, 어서 와―! 목욕할래? 밥 먹을래? 아니면……."

나·로·할·래?

라고 말을 이으려던 순간, 눈앞에 있는 것이 아이가 아님
을 깨달았다.

"어라."

놀란 표정으로 우두커니 서 있는 건, 나와 아이의 대학교
대선배이자 지금은 N 텔레비전에서 프로듀서로 일하고 있
는 이케다 쇼이였던 것이다.

대학교 선배, 라고 해도 다니던 시기는 전혀 겹치지 않는
다. 나이가 열 살 이상 떨어져 있으니까, 아이의 사무소에
들어올 때까지 그와 면식도 없었다.

요즘은 이제 그런 말이 없을지도 모르겠지만, 그야말로
방송국 프로듀서라는 느낌의 '살짝 나쁜 아저씨'였다.

이탈리아 브랜드의 고급 정장에 어디서 태웠는지 피부는
검고, 밤에도 선글라스를 쓰고서 방송국 안을 활보하는 그
는 N 텔레비전에서도 '명물 프로듀서'라고 불리는 듯했다.

일단 배우라도 하는 편이 낫지 않을까, 싶을 만큼 괜찮은

　　　　　　　　　　　　　　캐스터 탐정

외모도 충분히 화제가 되기는 했지만, 그가 '명물'이라고 불리는 건 담당한 방송의 90퍼센트를 히트시킨 그의 실력 때문이었다. 참고로 아이를 금요일의 캐스터로 스카우트한 것도 이케다 선배였다.

"뭐냐, 너희 둘, 역시 그런 관계였군."

엉거주춤한 느낌으로 선배가 돌아본 곳, 그의 등 뒤에서 나타난 아이가 고개를 절레절레 한숨을 내쉬고 나를 노려봤다.

"뭐 때문에 신이 난 건지 모르겠지만, 오해를 낳을 법한 일은 하지 말라고, 타케노우치."

"⋯⋯⋯⋯예."

딱히 신이 난 것은 아니었다. 이런 장난은 자주 치고, 아이도 평소에는 '그럼 목욕'이라느니 '밥'이라느니 장난에 맞춰서 대답한다. 오늘은 나만 '위험한 사람' 취급하다니 너무하잖아, 내심 그렇게 투덜거리면서도 그런 변명을 건네지도 못하고, "죄송합니다"라고 머리를 숙인 내 옆을 아이가 먼저 지나고 이케다 선배가 따라 들어왔다.

"선배, 목욕물 받아뒀다고."

"내가 들어가도 되나? 너희들, 같이 들어가는 거 아냐?"

"정말이지, 이제 그만해요."

두 사람이 거실로 향하자 나도 그들을 뒤따르며, 별로 기분이 안 좋은 듯 살짝 짜증 섞인 분위기인 아이의 뒷모습을 바라봤다. 평소의 그라면 이케다의 농담에 이렇게까지 혐오감을 드러내는 일도, 딱 잘라서 대답하는 일도 없다.

"선배, 뭐 마실래요? 맥주? 와인?"

"아, 소주랑 일본주도 있어요."

아이에 이어서 내가 그렇게 덧붙이자 이케다는 히죽 웃고 우리를 돌아봤다.

"아이, 좋은 아내를 얻었잖아?"

"……그건 이제 됐으니까."

뾰로통한 태도 그대로 아이가 그렇게 말하고 나를 찌릿 노려봤다.

네 탓이라고 하는 것 같은 그에게 '미안해'라며 한 손으로 사죄하고는,

"안주, 고등어 통조림으로 아히쵸 만들었어요. 먹을래요?"

사과하는 겸, 아이와 이케다에게 쭈뼛쭈뼛 물어봤다.

"역시 아이, 좋은 아내를……."

"그러니까 그건 됐다니까요."

캐스터 탐정

더더욱 놀리려는 이케다를 싸늘하게 막은 뒤, 아이는 또다시 나를 찌릿 노려보고 입을 열었다.

"아히죠라면 와인인가? 화이트와인, 냉장고에 있지?"

"알았어. 화이트와인이네."

알겠다며 끄덕이고 나는 부엌으로, 아이는 이케다를 데리고 거실 소파 앞으로 향했다.

"85인치, 역시 박력 있는데."

이미 이케다와 아이는 술을 마시고 온 모양이었다. 모니터링을 하면서 마셨을 테지만 어떤 때에 술이 나오는지 어찌어찌 아는 만큼 나는, 이제부터 시작될 두 사람의 대화가 결코 즐거운 내용이 아니라는 예감이었다. 서둘러 와인 잔과 앞 접시, 와인 쿨러를 준비하고 아히죠랑 와인을 거실로 전달했다.

"이것 참, 이런 대화면에서도 감상하기에 부족함이 없구나, 네 얼굴은."

지금 두 사람은 내가 녹화한, 조금 전에 막 끝난 '이브닝 스쿠프'를 재생하고 있었다.

"어떤 표정이든 완벽하네ㅡ. 너 말이지, 방송 출연용으로 훈련이나 연습 같은 거라도 했어? 어디서 찍더라도 괜찮게 나오는 거, 의외로 어렵다고 여배우도 그러던데?”

“이케다 선배…… 아니, 이케다 프로듀서, 그것보다 다음 특집은 중지라니, 어떻게 된 거예요?”

역시나 좋지 않은 예감은 적중했나 보다. 듣기 좋은 소리를 하는 이케다를 상대로 아이가 험악한 목소리로 그렇게 묻는 모습 앞에서, 나는 두 사람의 와인 잔에 화이트와인을 따르고 각자의 앞에 놓았다.

“그럼, 전 이만…….”

일하러 돌아가겠다, 그렇게 물러나려던 나를 아이가 돌아봤다.

“타케노우치, 너도 마셔.”

“아니, 그게, 원고가…….”

이제까지 몇 번인가 비슷한 상황을 함께했던 경험상, 여기 남으면 틀림없이 앞으로 세 시간은 붙잡혀 있을 것이다.

마감은 다음 주. 가능하다면 오늘 중으로 매듭짓기 좋은 부분까지는 쓰고 싶다. 그 바람은, 하지만 아이의 한마디로 박살이 났다.

“네 의견도 들려줬으면 해. 예고에서 내가 말한 다음 주 특집, 기억해?"

알고 있을 텐데, 아이는 무슨 일이 있어도 나를 이 자리에 붙들어둘 생각이다. 이유는, 굳이 생각할 필요도 없이 이케다의 입에서 먼저 나왔다.

"그러니까, 무리라고 그러잖아. 누명을 밝힌다니, 그거, 성공하면 괜찮다고. 하지만 실패했다가는 방송 자체가 끝이란 말이야."

와인은 거들떠보지도 않고 아이를 응시하며 강한 말투로 그렇게 말하는 이케다에게,

"누명이었다면 어떻게 할 거예요? 억울한 죄로 사람이 심판을 당하게 되는 거라고요. 못 본 척할 수는 없어요."

아이 역시 와인에도 아히쬬에도 눈길을 주지 않은 채 내게 시선을 향했다.

"타케노우치도 그렇게 생각하지? 누명이라는 걸 알면서도 못 본 척할 수 있겠어? 보도로 구할 수 있다면 구하고 싶잖아. 그렇지?"

"그야……."

동의를 청하기에 내가 수긍하려고 하자, 이케다의 거친 목소리가 울렸다.

"보도는 어디까지나 중립적이어야 해. 누명이라고 주장하는 건 백 보 양보해서 방송할 수 있더라도, 너, 진범에 대해서도 언급할 거야? 이제까지도 그랬잖아?"

"그건……."

말문이 막힌 아이에게 거봐라, 그렇듯이 이케다가 계속 말했다.

"이제까지는 운 좋게, 빗나가지 않았어. 네가 범인이라고 말한 녀석이 범인이었다고. 하지만 위험한 다리를 그렇게 몇 번이나 계속 건널 수는 없어."

"잠깐만요. '운 좋게'라고 했어요? 지금?"

그 순간 아이가 실망한 표정으로 이케다에게 따져 들었다.

"그랬지."

"우연이라는 표현은 하지 마세요. 그건 취재에 취재를 거듭한 결과, 도출된 결론이라고요. 다음 편에서도 반드시 누명을 밝히고 진범을 찾아내겠어요."

단호하게 말하는 아이의 목소리도 표정도, 참으로 박력이 있었다. 미형에 미성을 가진 사람은, 당당하게 말한다면 그것만으로 '들어야 한다'라는 기분이 들게 만드는 마력 같은 무언가가 있다고 생각한다.

캐스터 탐정

오랫동안 알고 지낸 나조차 그의 말을 거스르면 안 된다고, 이 순간에도 생각하고 말았다. 하지만 이케다에게 그 '마력'인지 '매력'인지는 통하지 않는 듯했다. 이것이야말로 오랜 경륜의 힘일지도 모르겠다.

"안 돼. 그 말투로 봐서는 취재가 부족한 거잖아? 준비도 없이 급발진은 안 돼. 다음 주 특집은 다른 걸로 가자고. 알겠지?"

그렇게 말하는가 싶더니 단숨에 와인을 비우고, 텅 소리를 내며 잔을 테이블에 내려놓고 소파에서 일어섰다.

"내일, 일찍 골프 치러 가야 돼."

그럼, 하는 한마디와 반짝, 소리라도 날 것 같은 윙크를 남기고 이케다는 방을 나갔다.

"이케다 씨?"

얼른 떠나는 그 모습에 당황한 듯 아이가 뒤를 쫓고, 나도 그를 따라갔다.

"이케다 씨, 이야기 좀 들어주세요."

"안 되는 건 안 돼. 다른 소재야. 이번에 쓰지 않은 고양이 저택, 그걸로 가자. 고양이는 시청률이 되니까."

아이의 제지도 공허하게, 또다시 그럼, 하는 말을 남기고 이케다는 나가버렸다.

"……이케다 씨도, 무사안일주의구나……."

툭하니 중얼거리며 문을 잠근 뒤, 아이가 빙글 돌아보고 살짝 자포자기한 말투로 나를 불렀다.

"어쩔 수 없지. 다시 마시자."

"미안해. 사실은 마감이 있어서."

불평 상대가 되어주고 싶다는 기분은 물론 있지만, 물리적으로 무리였다. 시간이 없다. 사과하는 나를 향한 아이의 말은, 이름 그대로 '사랑'으로 넘치는 내용이었다.

"뭐야, 일이 있었어? 미안해. 단행본이야? 잡지? 어쨌든 기대할게."

"고마워. 잡지야. 오랜만이니까 긴장되네……."

그 탓에 예정이 밀려서 이제는 상당히 몰려버린 상태였다. 하지만 그런 소리를 한다면 마치 '바쁜 와중에 야식까지 받고, 미안하네'라는 인사를 강요하는 것으로 받아들여지니까, 그렇게 말을 삼켰다.

그 이상으로 지금 곤경에 처했다는 것을 들켜선 안 되는 이유가 있지만, 어쨌든 나는 그렇게만 말하고,

"그럼, 일로 돌아갈게."

아이 앞에서 떠나려고 했다.

"미안했어. 열심히 해."

하지만 전부 말하지도 않았는데, 무슨 일이든 총명한 아이는 내가 얼마나 곤경에 처했는지 알아차리고 말았나 보다.

진심으로 미안하다는 표정으로 내 어깨를 두드린 뒤, 그가 툭하니 말을 흘렸다.

"항상 불평에 어울려달라고 하는 것도 미안하네. 오늘은 좀 심하게 침울하긴 하지만, 괜찮아. 혼자 한잔하고 풀게."

"……………………."

알고 있다. 아이가 지금 그 말을 나한테 들려주려고 하던 건 제대로 간파하고 있었다. 이것이 아이의 작전인 것이다. 이렇게까지 말한다면 내가 함께하지 않을 리가 없다, 그렇게 예상하고서 굳이 들리도록 혼잣말처럼 한 것이었다.

같이 살게 될 때까지, 나는 아이에게는 장점뿐이고 단점 따윈 하나도 없다고 생각했다. 멀리서만 본다면 퍼펙트하고 좋은 사람으로 보이지만 실제의 아이는 '완벽'과는 거리가 먼 남자였다.

여기서 내가 혹시 꿋꿋하게 못 알아차린 척이라도 한다면 '야식이야' 같은 말과 함께, 와인을 손에 들고서 방으로 비집고 들어올 것임이 틀림없다.

그렇다, 그의 결점은——'응석받이', 게다가 상대가 바쁘면 바쁠수록 더 응석을 부린다는, 어떤 의미로 궁극의 '응석받이'인 것이었다.

어느 부분이 궁극이냐면, 막상 그를 신경 써주는 상대한 테는 도리어 매달리고 싶어 하지 않는다는 제멋대로인 점이다. 내가 한가할 때는 그런 기색은 일절 드러내지 않는데, 바빠지면 그 순간에 엮이고 드는 것이다.

그러니까 상당히 몰려 있을 정도로 바쁘다는 건 숨기고 싶었지만, 이미 지나간 열차다.

이런 귀찮은 성격인지는 전혀 몰랐다. 고등학생 시절도 대학생 시절도, 내가 아는 아이는 상쾌한 미소를 짓는, 입술에서 새하얀 치아가 넘쳐날 것 같은 멋진 청년이었을 텐데.

이것 참, 내심 한숨을 내쉬고 나는,

"한 잔 정도라면 어울려줄 수 있는데."

최대한의 양보를 입에 담았다.

"어? 괜찮아?"

그 순간에 밝은 목소리를 내는 아이를, 충분히 이해하고는 있다지만 그만 노려보고 말았다.

"고등어 통조림 아히쬬, 전에 쿡패드*에서 찾은 레시피지? 엄청 맛있었어. 같이 먹자."

아이는 노려보는 내 시선을 가볍게 넘겨버리는가 싶더니 어깨에 팔을 두르고, 또다시 나는 거실로 향하는 꼴이 되어버렸다.

"자, 반성의 시간이야."

아이가 리모컨을 조작해서 오늘 방송을 처음부터 보기 시작했다.

"의상, 오렌지색 넥타이는 실패였네. 색깔, 날아가 버렸으니까."

"……그러네……."

수긍할 수밖에 없었던 나를 흘끗 바라보고 아이가 차례차례 부족한 점을 지적했다.

"정장도 그저 그래. 지난주와 같은 브랜드를 사용하면 어떻게 해? 셔츠랑 조합도 말이지…… 화면으로 보면 썩 와닿지 않아. 그렇게 생각하지 않아?"

"미안해. 다음부터 조명도 고려할게. 브랜드도 주의할게."

"부탁할게."

---

* 일본의 레시피 공유 사이트.

불평은 하지만 질질 끌지는 않는다. 그것이 아이의 장점 중 하나였다.

"반대로, 타케노우치가 신경 쓰이던 건 있었어?"

또 하나의 장점은, 이런 향상심과 남의 의견에 적극적으로 귀를 기울이는 것. 그는 매주, 귀가 후에 이렇게 내게 부족한 점을 듣고 싶어 하는 것이었다.

그렇기에 나는 아무리 내 일이 밀려드는 상황이라도, 생방송인 그의 방송 시간에는 반드시 텔레비전 앞에 앉아 열심히 방송을 보았다.

"신경 쓰인다고 할 정도는 아니지만, 기상캐스터와 대화가 조금 위화감이 있었을까."

"……아ㅡ, 그건가."

그 순간에 아이가 얼굴을 찌푸리고 와인을 단숨에 들이켰다.

"아마도, 다음 주부터 기상캐스터는 바뀌겠지."

"……아ㅡ, 그런 일인가."

내가 얼굴을 찌푸리고 만 건 지금의 기상캐스터가 무척 마음에 들었고, 그전에 아이가 얼굴을 찌푸린 건 기상캐스터에게 연애적인 대시를 받았기에 어쩔 수 없이 바꾸어야만 했으니까.

연심이 얽히면 일을 제대로 하기가 어려워진다. 그래서 아이는 가능한 한 함께 일하는 사람과는 거리를 두고, 상대가 연애 감정을 품지 않도록 주의한다고 한다.

어지간한 남자가 그런 말을 한다면 자신감 과잉이라며 비웃음을 사겠지만, 아이의 경우에는 '절실한 고민'이라서 이제까지 함께 출연한 이성──가끔씩 동성들도, 거의 100퍼센트의 비율로 연애 감정을 품고 말았던 것이었다.

방송이 시작된 초기, 금요일의 어시스턴트도 월요일부터 목요일까지와 같이 젊은 방송국 아나운서였다. 하지만 첫 방영 후에 그녀가 아이에게 고백했기에 다음 주부터 베테랑 여자 아나운서로 바뀌었고, 두 달 뒤에는 70대 대학교수 할아버지가 어시스턴트 자리에 앉게 되었다.

스태프도 모두 남성, 게스트도 최대한 남성. 그렇게 아이의 직장은 이제 남성 온리가 되었다.

기상캐스터는 스튜디오에 들어오지 않으니까 직접 얼굴을 마주할 일은 없을 텐데 분장실에라도 왔을까, 그런 아쉬움에 나는 무심코 한숨을 흘리고 말았다.

다음 주부터는 기상캐스터도 아저씨가 되어 있을까. 남자

뿐인 저 방송에서는 유일한 눈보신이었는데.

참으로 안타깝구나, 그렇게 생각하는 내 심리를 꿰뚫어 봤겠지. 아이가 "미안해"라고 머리를 숙인 뒤에,

"하지만."

하고 덧붙였다.

"네가 받은 대미지보다 내 대미지 쪽이 단연코 크다는 이야기, 슬슬 해도 될까?"

"아, 미안해. 계속해."

그의 '이야기'를 들어주지 않는 한, 나는 일로 돌아갈 수 없겠지. 체념을 느끼며 내가 재촉하자 아이가 싱긋 미소를 건넸다.

"고마워. 역시 추리 작가야. 아무 말 안 해도 내 마음속은 헤아려준다, 그런 거겠네."

그렇다. 내가 가진 또 하나의 직업은 '추리 작가'이고, 지금은 다음 주 마감인 원고를 써야만 하는 무척 힘겨운 상황인 것이었다.

"그렇다면 이야기할게. 있잖아, 어떻게 생각해? 저건 확실히 누명이야. 그런데도 왜 이케다 선배는 GO 사인을 내주지 않는 거냐고. 너무하다고 생각하지 않아?"

아이 역시도 내 힘겨운 상황은 알고 있을 텐데, 여전히 못 알아차린 척을 하며 불평 모드에 돌입하려 하고 있었다.

세상의 여성들에게 알리고 싶다. 당신들이 너무나도 좋아하는 금요일 23시 20분의 남자는, 이렇게나 귀찮은 성격이라는 것을.

그러나 나는 이 '귀찮은' 남자에게 크나큰 은혜를 입었기에, 그의 뜻대로 움직일 수밖에 없는 것이었다.

"응, 너무하다고 생각해."

오늘 밤은 길어질 것 같다. 마음속으로 한숨을 내쉬는 내 머리는 그때, 다음 주 마감까지 원고를 올릴 수는 있을까, 역시나 무리일까, 그런 갈등으로 가득해졌다.

2

1년 전까지 나는, 세간에서는 대기업이라 일컬어지는 전기 메이커에서 경리를 담당하고 있었다.

특별히 대기업에서 일하기를 바란 것도, 경리 일자리를 바란 것도 아니었다. 취직난이라는 요즘, 욕심을 부릴 수는 없다며 온갖 직종에 마구 이력서를 넣은 결과, 유일하게 뽑혔다는 이유였다.

업무에 보람이 있느냐고 묻는다면, 솔직히 있다고 말하기는 힘들었다. 하지만 생활하기 위해서는 일을 해야만 한다. 수입은 또래와 비교해서 특별히 좋은 것도 아니고 특별히 나쁜 것도 아니었다. 그야말로 '중용'을 그대로 실현하는 이제까지의 내 인생에 걸맞은 직장이 아니냐고, 스스로는 그렇게 납득하고 있었다.

일에서 얻을 수 없는 '보람'을 나는 취미의 세계에서 찾기로 했다. 고등학생 시절부터 추리 소설을 정말 좋아해서,

캐스터 탐정

한 번 써보려던 것이었다.

하지만 읽는 것과 쓰는 것은 무척 다르다. 도저히 남들에게 보여줄 법한 완성도는 나오지 않고, 쓰는 것은 좋지만 인쇄조차 하지 않고 모두 컴퓨터 폴더 안에 처박혀버렸다.

사회인이 된 뒤에도 용무가 없는 주말이나 일찍 퇴근한 날 밤에 조금씩 쓰고는 있었지만, 여전히 스스로에게도 재미있다고는 여겨지지 않는 완성도였다.

그런 가운데 오봉 연휴가 왔고, 본가로 돌아왔지만 딱히 할 일도 없어 일주일 동안 쓴 중편이, 처음으로 스스로도 이건 좀 괜찮겠다고 여겨지는 완성도가 된 것이었다.

그렇다면 누군가 나 말고 다른 사람이 읽어줬으면 좋겠지만, 보낼 법한 친구도 없었다. 최근 인터넷에서 소설을 연재하는 사이트가 유행하고 있다지만, 들여다봤더니 독자로부터 무척 신랄한 리뷰가 달려 있었기에 용기가 꺾여버렸다.

그러는 사이 마지막으로 내가 다다른 것이, 그때 읽던 잡지에 실린 '신인상 모집' 기사였다.

마침 그해부터 시작된 상이고 수상자에게는 천만 엔이라는 고액의 상금을 주기에 언론에서도 조금 화제가 되어 있었다.

어차피 입상하지 않을 게 뻔하지만, 누군가는 읽어줄 테지. 내년에는 서른이 되니까 20대의 마지막 추억으로——그렇게 제출했더니, 이것이 생각하지도 않은 결과를 낳았다.

그래봐야 '신인상'을 수상한 건 아니다. '가작'으로 입상해 잡지에 이름이 실렸고 다음 호에 게재가 결정된 것이었다.

믿을 수 없는 행운에 나는 들떴다. 편집부에서는 바로 연락이 오고 담당 편집자도 정해졌다.

사토 씨라는 30대 후반의 호리호리한 안경남으로, 미스터리 마니아라는 그는 어째선지 내 응모작이 무척 마음에 들었다고 한다.

앞으로 함께 열심히 해보자, 그런 말에 '앞으로'가 있구나, 그렇게 나는 기쁨의 절정에 다다랐지만 생각지 못한 시련이 기다리고 있었다.

회사에 이 일이 알려진 것이었다.

절대로 입상할 리가 없다고 생각했기에 나는 본명으로 응모했다. '타케노우치 마코토'라는 이름은 그다지 평범하지 않다. 그 탓에 들켜버렸는지 인사부에 호출되어 사정 청취를 당했다.

나는 솔직히 퇴근 후 남는 시간에 쓴 소설을 추억 삼아 응모했다고 밝혀서 결국 징계는 없었지만, 인사부장이 말하기를, 우리 회사는 겸업을 인정하지 않으니 계속 근무하기를 희망한다면 앞으로의 집필 활동은 일절 금지라는 말을 듣고 말았다.

회사로서는 실적이 악화하고 있는 현재, 자를 수 있는 목은 모조리 자르고 싶었던 거겠지.

어쩌지, 망설이고 망설인 끝에, 사토에게도 상담을 청했다.

"……솔직히 회사를 그만두는 건 찬성할 수 없겠네."

사토는 무척 곤란하다는 듯 그렇게 말하고, 지금 출판업계가 얼마나 힘겨운지를 절실히 내게 호소했다.

"신인상을 받은 작가라도 소설만 쓰는 건 추천하지 않아요. 상금은 천만 엔이지만 그걸로 몇 년이나 먹고살 수는 없으니까. 지금 타케노우치 씨의 연 수입, 작가로서 그만큼 벌게 되려면 몇 년은 걸릴 거라 생각해요. 자칫하면 평생을 해도 무리일지도 몰라요."

최선을 다해 퇴직을 말리려고 한 사토의 심경은, 가작 수상 따위로 회사를 그만두더라도 일체 책임질 수 없다, 그랬던 게 아닐까.

나 스스로도 회사를 그만둘 용기는 없고, 소설을 써서

생계를 꾸릴 수 있다는 자신감도 전혀 없었다.

기껏 찾아온 기회인데 포기할 수밖에 없다. 이제까지 몇 작품이나 썼지만 죄다 쓸모없었다. 이것은, 그런 자신감조차 가작 수상이었다. 꿈도 보람도 버리고 견실한 삶을 선택하자.

깊이 생각한 끝에 그렇게 결론을 내린 나는, 사토와 만나고자 약속을 잡고 출판사를 찾아가기로 했다.

메일이나 전화로도 충분히 거절할 수 있고 어쩌면 사토도 그쪽을 바랐을지도 모르겠지만, 역시나 제대로 마무리를 짓기 위해 대면하고서 이야기를 하자고 생각한 것이었다.

유연근무제로 시간을 내고 저녁 무렵 진보초로 향한 나는, 역에서 나선 순간에 방송 촬영팀과 맞닥뜨렸다.

누군가가 촬영하는 것을 통행인들이 둘러싸고서 지켜보고 있었다.

진보초는 고서점 거리만이 아니라 맛집 특집으로 나오는 경우도 많다. 그런 촬영일까, 그렇게 생각하며 옆을 지나려던 그때, 갑자기 누군가 말을 걸었던 것이다.

"타케노우치잖아?"

"어?"

그다지 인연이 없는 지역에서 갑자기 이름이 불려 돌아보자 촬영팀 안에서 남자 하나가 인파를 가르며 미소로 다가왔기에, 나는 놀란 나머지 그 자리에 굳어버렸다.

"오랜만이네. 잘 지냈어?"

"꺄―, 아이 캐스터야―!"

"정말 멋져."

　내 주위에서 촬영을 견학하던 구경꾼들이 새된 함성을 터뜨렸다.

"오늘은? 출판사에?"

　아이와 만난 건 대학교 졸업 이후로 처음이니까 이래저래 7년 만이었다. 졸업 후 그는 방송국에 기자로 입사했는데, 뉴스에서 현장 리포트를 담당했더니 순식간에 인기를 얻어 이제는 금요일 밤에만 캐스터를 맡고 있다는 것을 나는 당연히 알고 있었다.

　'금요일 23시 20분의 남자'라며 찬사를 받는 그는, 내게는 '동급생'이지만 이미 다른 세계의 사람이라는 인식이었기에, 이렇게 우연히 만난 것만이 아니라 그가 먼저 말을 건네자 나는 무척 놀라서 아이가 무엇을 묻는지조차 제대로 이해할 수가 없었다.

"아이 씨, 철수합니다. 슬슬 경찰한테 찍힐 것 같으니까 촬영팀 차로 돌아가실까요?"

등 뒤에서 아이에게 방송국 스태프 같은 남자가 말을 건넸다.

"알았어."

아이는 끄덕이더니 영문도 모르고 그 자리에 멍청히 서 있던 내 팔을 갑자기 붙잡았다.

"어?"

"이야기하고 싶은 게 있거든. 5분 정도, 괜찮을까?"

싱긋 미소 짓고 그렇게 말하는가 싶더니 아이가 내 팔을 당기며 걸어갔다.

"아이 씨—!"

"유이치로 님—!"

새된 함성을 향해 아이는 붙임성 있는 미소를 보내고 손을 흔들더니 근처에 세워둔 밴에 탑승했다.

"미안해, 5분만 대기를 부탁할 수 있을까?"

운전석에 앉은 남자에게 아이는 그렇게 말을 건넨 뒤, 간신히 정신을 차리고 있던 내게 다시금 미소를 지었다.

"타케노우치, 오랜만이야. 억지로 끌고 와서 미안해. 출판

사랑 미팅이었지? 시간, 괜찮아?"

"어, 응. 약속은 네 시니까……."

대답하다가 나는 문득, 어째서 아이가 내 목적지나 용건을 알고 있느냐는 새삼스러운 의문점을 깨달았다.

"저기……."

그것을 물어보려는 것을 알았는지 아이가 또다시 싱긋, 전국의 사모님을 화면 너머에서 포로로 만들고 있다는 상쾌한 미소를 지으며 입을 열었다.

"어떻게 내 목적지가 출판사라고 생각했느냐면, 네 수상 사실을 알고 있으니까. 작가 데뷔, 축하해."

"어엇."

놀라움은 더 큰 놀라움을 거느리고서 돌아왔다.

"잡지에서 네 이름을 봤어. 그러고 보니 너는 고등학생 시절부터 미스터리를 좋아했고, 대학교에서는 미스터리 연구회라는 동아리에도 들어갔다는 걸 떠올린 참이었어. 물론, 읽었어. 재미있었어. 진보초에는 네가 수상한 잡지 출판사가 있으니까, 틀림없이 미팅이겠구나 싶었거든. 그래서? 신작은? 언제쯤 읽을 수 있을까?"

그야말로 청산유수처럼 계속 말하고 내게 계속 질문하는

아이의 모습에 너무나도 놀랐기에 나는 이야기할 필요 없는 일까지——회사는 겸업을 인정하지 않는다며 못을 박았고, 앞으로 집필을 그만두려고 이제부터 출판사에 가려던 참이라는 사실까지 밝히고 말았던 것이다.

내 이야기를 들은 뒤, 아이는 잠시 생각에 잠기더니 이윽고 진지한 얼굴로 물음을 던졌다.

"너는 지금 회사를 그만두고 싶지 않은 거야?"

"집필만으로 먹고 살 수는 없다고, 담당 편집자도 그러니까 말이지."

그만둘 수는 없다, 그렇게 대답한 내게 아이가 다시금 물었다.

"수입 말고 달리 회사에 남고 싶은 이유는?"

"……딱히, 없으려나."

보람이 있는 일이 아니다. 하지만 그만두면 수입이 끊어진다. 그러니까 그만둘 수 없다, 내가 그렇게 대답하자 아이는 계속해서 질문을 던졌다.

"지금, 네 수입은?"

"어?"

너무나도 갑작스러운 물음에 놀란 나머지 말을 잃었다.

"그만큼 내가 낼 게——아니, 조금 더 줘도 될까. 내 사무실에서 일하지 않을래?"

"어어어??"

내가 터뜨린 놀란 목소리가 촬영팀 차 안에 울려 퍼졌다.

"사실은 사무소 스태프가 지난달에 그만둬서 후임을 찾고 있거든. 타케노우치는 경리 담당이라고 아까 그랬지? 우리 사무소에서 일하지 않을래? 나는 겸업 금지라느니 그런 쩨쩨한 소린 안 해. 여가 시간에는 소설을 써도 전혀 문제없어. 어때?"

그때 나는 몰랐지만 아이는 당시에 방송국과 처우에 대해 다툰 결과로 퇴사해서 프리랜서가 되었고, 같은 방송국과 금요일에만 캐스터를 맡는다는 계약을 맺고 있었다.

나로서는 꿈같은 이야기니까 망설일 여지 따위는 있을 리도 없어서, 그 후에 향한 미팅에서 나는 사토에게 다른 일자리가 정해졌으니 집필을 계속하고 싶다며 제안, 그를 깜짝 놀라게 만들었던 것이다.

내가 아이의 사무소에서 일하게 된 것에는 그런 경위가 있었는데, 그야말로 세상일이란 무슨 일이 벌어질지 알 수가 없다고 이 일로 나는 깨달았다.

전의 회사에서는 회사 기숙사에서 살았으니까 새로운 거처를 찾으려던 참에, 아이가 "사무소로 빌린 아파트에 살면 돼"라고 해서 감사히 따르기로 했다.

유일하게 예상 밖이었던 것은 '사무소로 빌린 아파트'가 아이의 집이었다는 점이지만, 4LDK라는 사치스러운 구조라서 동거에 불편함은 느끼지 않았다.

사무소 스태프로 내가 담당하는 일은 경리, 그리고 아이의 스타일링, 그 밖의 잡무다.

참고로 가사는 함께 분담하고, 식사나 세탁은 격주로 한다.

비는 시간은 집필에 사용해도 된다고 해서 평일 낮에는 원고를 쓸 때도 있고, 주말은 아이의 취재에 함께하는 경우도 있다. 그런 일상을 최근 1년 동안 보내고 있었던 것이다.

아이가 텔레비전에 등장하는 건 금요일 밤뿐이지만 그 밖의 시간을 취재에 사용하고 있었다.

애당초 아이는 캐스터 지망이 아니라 '기자'가 되고 싶어서 방송국에 취직했다고 한다.

현장에서 생생한 목소리를 전하고 싶다. 신문사와 방송국 중에 어느 쪽으로 갈지 망설인 결과, 영상으로 전하는 것이 사람의 마음에 울린다는 판단을 내려서 텔레비전을 선택했다고, 언제였던가 아이 본인한테 들은 적이 있었다.

그렇기에 아이는 현장 취재를 중요시한다. 그가 이번에 특집을 기획한다고 했던 고베 사건 취재도 자는 시간을 아껴서 진행했다.

사건의 개요는 정치 자금 부정이 발각된 정치가 비서의 자살이었지만, 아이는 비서가 모든 죄를 뒤집어쓰고서 살해당했다고 판단하여 취재를 거듭하고 있었다.

상대가 정치가니까 혹시나 압력이 들어왔을지도 모른다. 내가 알아차린 것을 아이가 못 알아차렸을 리가 없으니, 참을 수 없는 마음을 술에 실어서 부딪치는 그에게 나는 다음 주 마감을 신경 쓰면서도 동조하고 말았다.

"다음 주는 고양이 저택을 하랬나. 확실히 고양이는 시청률이 되긴 하는데."

아이는 이미 완전히 취한 모양이었다. 이러는 나도 처음 한 잔은 어울려주자, 그렇게 생각했을 터인데 꽤나 잔을 기울이고 말았다.

"어쩔 수 없지. 타케노우치. 내일, 취재하러 가자고. 프로듀서님의 명령에는 거스를 수 없으니까. 철저하게 재미있는 걸로 만들어주지."

43

"으음……."

내일, 취재에 어울릴 시간적 여유가 내게는 없다. 오늘 이 시간도 아까울 정도니까.

거절하려던 내 말을 가로막고 아이가 말을 덧붙였다.

"물론 무리하게 말하진 않아. 다음 주 마감이니. 네 부담이 되고 싶지는 않으니까, 혼자서 열심히 할게."

"…………………."

또다. 내가 거절할 수 없도록 예방선을 치려 하고 있다.

그렇게까지 말한다면 은혜를 느끼고 있는 내가 거절할 수 없다고 아이는 예상한 것이었다. 정말로 비겁한 '응석받이'다, 라며 나는 무심코 그를 노려보고 말았다.

"왜?"

싱긋.

고등학교 1학년 때, 처음으로 그와 얼굴을 마주한 그때도 아이는 이 화사한 미소를 짓고 있었다.

반 아이들 전원의 마음을 포로로 만든 미소를 마주하니, 은혜가 있든지 없든지 거스를 수 있을 리 없는 것이었다.

내일 하루는 아이와 어울려주자. 마감은 다음 주다. 오늘 밤 지금부터, 그리고 모레 이후로 열심히 한다면 어떻게든

'고양이 저택'에 도착했다.

"폐허잖아."

아이가 중얼거린 그것과 똑같은 말을 나 역시도 생각하고 있었다.

폐허, 라고 해도 된다고 생각한다. 문에는 담쟁이가 마구 휘감겨서 문패를 가리고 있다. 아직 문을 들어가지도 않았지만 야옹, 하는 울음소리가 여럿, 아니 그야말로 마구잡이로 들렸기에 우리는 무심코 얼굴을 마주 보고 말았다.

"……스무 마리 이상, 있을 것 같네."

이것 참, 그렇듯이 아이가 어깨를 으쓱인 뒤 인터폰을 누르려고 했다.

"저기."

그때 등 뒤에서 목소리가 들려 나도 아이도 놀라서 목소리의 주인을 돌아봤다.

"사와무라 씨한테 무슨 용건이신가요? 아마도 인터폰을 눌러도 안 나올 테니까, 대신에…… 아니, 아이 캐스터??"

말을 건넨 사람은 중년 여성이었는데, 도중에 아이가 누구인지 알아차렸는지 단숨에 목소리 톤이 올라갔다.

"어? 말도 안 돼. 실물? 실물이에요?"

"예, 실물이에요."

아이가 싱긋 미소 짓고 고개를 끄덕였다.

아이는 붙임성 좋은 것으로 정평이 나 있는데, 이번에 말을 건넨 중년 여성을 상대로도 그 붙임성은 유감없이 발휘되어 순식간에 그녀를 흐물흐물하게 만들어버렸다.

"실례지만, 사와무라 씨와 아는 사이신가요?"

싱긋 웃으며 아이가 묻자 중년 여성은 소녀처럼 뺨을 물들이며,

"아는 사이라고 할까, 옆에 살아요."

그렇게 대답했다. 그녀가 들고 있던 종이봉투에서 보이는 것이 고양이 사료임을 깨닫는 것과 동시에 혹시나 하며 무심코 아이를 봤다. 아이도 같은 생각을 했는지 나를 흘끗 본 뒤에 작게 끄덕이고 여성에게 물었다.

"혹시 사와무라 씨 대신에 자원봉사로 고양이를 돌보고 계신 분 아니신가요?"

"어?"

그때까지 잔뜩 들떠 있던 중년 여성이 그 순간에 의아하다는 표정을 짓고 뒤로 물러나는 듯한 거동을 드러냈다. 놓쳐서는 큰일이라며 아이는 만면의 미소를 짓더니 그녀에게

한 걸음 다가가서 사정을 설명하기 시작했다.

"사실은 이브닝 스쿠프에 이웃사촌의 미담이라는 걸로, 이곳 고양이 저택에 대한 투고가 있었거든요. 혼자 사는 노인이 버려진 고양이나 길고양이를 주워 와서는 집에서 기르지만 돌볼 수 있는 상태가 아니니까, 이제는 스무 마리 이상의 고양이 저택이 되어서 근처 주민 여러분께 폐를 끼치던 참에 이웃의 친절한 사모님께서 그 고양이들을 대신 돌봐주고 계신다는. 근래에 드문 미담이라고 저희도 생각해서, 그걸 취재하러 왔어요. 그 친절한 사모님이 혹시 당신이 아닌가요?"

"……그렇기는, 한데요."

중년 여성의 얼굴에는 황홀하다는 표정이 떠 있었다. 역시나 아이, 마음속으로 그렇게 감탄하는 내 앞에서 아이는 더더욱 사모님 킬러 속성을 발휘했다.

"이름, 여쭈어도 될까요?"

"시마다인데요……."

"시마다 씨, 잠깐만 이야기, 괜찮을까요? 손에 들고 계시는 거, 고양이 먹이로군요. 이제부터 고양이를 돌보시는 건가요? 괜찮다면 동행을 부탁드릴 수 없을까요? 부디, 평소

당신이 하는 모습을 보고 싶습니다."

"저기…… 그건 좀……."

시마다는 무척 수줍어하고 있었다. 아이를 앞에 두고서 수줍어하지 않는 여성은 없다. 그것은 이제까지 몇 번이나 취재에 동행했기에 단언할 수 있지만, 마음은 모를 것도 아니었다. 나 역시도 여성의 마음을 끊임없이 사로잡는 아이의 미모에 빠져들고, 상쾌한 말발에 빠져들고 말았으니까.

시마다는 틀림없이 취재를 승낙하고, 이제부터 우리는 고양이 저택으로 들어가게 되겠지. 마스크나 장갑은 차 안에 있다. 문밖에 있는데도 명백하게 분뇨 냄새가 감도니까 안은 상당히 냄새가 나겠지.

지금 바로 가지러 갈까, 그런 생각에 차로 시선을 향한 그때, 생각도 하지 않은 말이 시마다의 입에서 튀어나와 나는 그만 놀란 목소리를 높이고 만 것이었다.

"죄송하지만, 취재는 응할 수 없어요. 그렇게 대단한 일을 하는 것도 아니니까."

"엇."

세상에나. 시마다는 그만큼 아이에게 멍―하니 있었음에도 불구하고 단호하게 거절한 것이었다.

"대단한 일이에요. 보통은 할 수 있는 일이 아니에요."

놀란 것은 나뿐인지 아이는 더더욱 싱긋 미소 짓고 시마다를 설득하려 했다.

"어쨌든 취재는 거절할게요. 이웃들의 불평도 무섭고……그리 좋게 여겨지진 않거든요. 고양이를 돌보는 거."

실례할게요, 라며 시마다는 머리를 숙이더니 문을 열어 안으로 들어가 버렸다.

"할머니, 고양이 보러 왔어. 들어가도 되지?"

크게 목소리를 높이며 현관문을 열고 집 안으로 들어갔다.

"시마다 씨."

아이가 불렀지만 시마다는 돌아보지 않고 손만 뒤로 돌려 문을 닫아버렸다.

"오랜만에 거부당했네."

별일이네, 아이에게 그렇게 말하면서도 나는, 이것으로 오늘 예정은 비었다며 마음속으로 승리의 포즈를 취했다.

취재를 거절당했으니까 돌아갈 수밖에 없다. 설마 이 길로 고베 취재를 가자고 하지는 않겠지. 티켓도 구하지 않았고 준비도 안 했다. 어차피 집으로 돌아가게 될 테니까, 귀가 후에 바로 내 방으로 달려가서 책상에 앉아버리자.

아무리 아이가 놀아달라며 공격을 퍼부어도 피할 뿐. 좋아, 혼자서 고개를 끄덕인 내 옆에서 아이가 툭 하니 중얼거렸다.

"……냄새가 나네."

"응, 악취가 나."

고양이 화장실은 부지런히 청소할 필요가 있다고 한다. 나는 고양이를 길러본 적이 없지만, 옛날에 사귄 애인이 고양이를 기르며 분명히 그런 말을 했다.

고양이가 스무 마리 이상이라면 화장실 숫자도 무척 늘어날 텐데, 그것을 노파인 사와무라가 모두 관리하는 것은 불가능하게만 여겨졌다.

정원 딸린 집인 모양이니까 화장실을 설치하지도 않은 게 아닐까, 그렇게 여겨지는 냄새라며 끄덕인 나를 아이가 어이없다는 표정으로 마주 봤다.

"바보, 그게 아냐. 그녀가──시마다 씨가 냄새난다, 그런 거야."

"그건 실례 아냐? 딱히 악취는 없었……."

다고, 그렇게 마지막까지 말하기 전에 아이가 가볍게 내 머리를 때렸다.

“농담은 됐으니까.”

“아니, 농담을 하는 게 아닌데…….”

너야말로 이상한 딴죽을 걸고 있잖아, 그런 불만을 입에 담는 것과 동시에 아이가 하고 싶은 말을 깨달았다.

“수상하다고? 취재를 거부했으니까?”

자신의 매력에 굴복하지 않았으니까 수상하다는 말이라도 하고 싶냐, 살짝 심술스러운 말을 해보고 싶었지만 화낼 것 같으니까 참았다.

“너무 완고하잖아? 카메라를 들이댄 것도 아냐. 그저 이야기를 듣고 싶다, 모습을 보고 싶다고 했을 뿐인데도 저렇게나 거절하다니, 뭔가 거절해야만 하는 사정이 있는 것으로만 여겨져.”

아이는 그렇게 말하는가 싶더니 내 어깨를 툭 두드렸다.

“그러니까, 주변 조사를 시작하자.”

“어? 지금 취재 거부를 당했는데?”

그런데도? 미간을 찌푸리는 나를 앞에 두고, 아이가 무슨 소리를 하냐는 표정을 지었다.

“신경 쓰이잖아. 왜 그녀가 취재를 거부했는지.”

“방송이 싫다든지, 그 이전에 눈에 띄는 게 싫다든지, 그런 거 아닐까?"

누구라도 텔레비전에 나오고 싶어 하는 것은 아니라고 생각한다. 부끄럼이 많은 사람이다, 그렇게 대답은 했지만 나는 이미 아이를 말리는 것은 포기했다.

"그러니까 그걸 확인해보자. 자, 시작하자고."

조금이라도 의문을 느낀 일은 철저하게 취재해서 추궁한다. 그것이 정보를 전달하는 사람에게 주어진 의무다.

항상 아이가 말하는, 이른바 그의 방침이었다. 그런 방침이 있었기에 그는 인기 뉴스 캐스터로서 지금의 지위를 구축한 거겠지.

그런 점은 물론 존경하고 있다. 게다가 내 고용주는 아이다. 아이의 말은 따라야만 한다고, 눈앞에 어른거리던 '집필 시간 확보'라는 행운에 나는 단장의 심정으로 등을 돌리고는, 어쩔 수 없다며 아이를 따라서 고양이 저택 취재를 시작한 것이었다.

"사모님, 이렇게 보여도 그는 어엿한 성인이에요. 대학생 알바가 아니고요."

"어머나. 우리 아들이랑 같은 나이 정도인가 싶었으니까요. 실례했어요."

황급히 사죄하는 그녀를 보고 이제까지 이상으로 화가 났지만, 그것이야말로 어른스럽지 않다며 나는 싱긋 웃어 보였다.

이렇게 대학생으로 오해를 받는 일은 자주 있지만, 매번 재미없다고 느낀다. 올해로 서른 살이 되었다고 그러면 대부분은 놀라는, 그러니까 나는 동안이었다.

자신과 동갑이라고 하면 분위기가 무척 좋아지니까 둘이서 취재할 때 아이는 자주 그것을 이야깃거리로 삼는데, 그때마다 내가 화가 난다는 사실은 아마 틀림없이 깨닫지 못했을 것이다.

"아드님, 몇 살인가요?"

오늘도 아이는 이것으로 화제를 끌어내고자 해서 나를 더더욱 짜증스럽게 만들어주었다.

"열일곱. 고2예요."

게다가 오늘은 고등학생으로 오해를 받았느냐며 더더욱

화가 난 내 옆에서, 아이가 한층 더 빈말을 입에 담았다.

"그런 큰 자식이 있으신 것처럼 보이진 않네요."

"싫어라. 충분히 그렇게 보여요."

빈말은 됐다는 리액션이기는 하지만, 에하라는 충분히 기뻐 보였다.

"그래서, 예의 '고양이 저택'에 대해서 말인데요."

분위기는 오케이, 그렇게 아이가 본론으로 들어갔다.

"할머니──사와무라 씨네 댁이 그 '고양이 저택'이고, 옆집의 시마다 씨네 사모님이 사와무라 씨를 대신해서 고양이를 돌보고 있다, 그런 이야기일까요?"

물어보는 아이 옆에서 수첩을 꺼냈다. 이렇게 메모를 하는 것이 조수로서의 내 역할이지만, 실제로 아이가 이 메모를 의지하는 일은 없다. 취재 내용은 모두 그의 머릿속에 들어 있으니까.

뭐, 요컨대 '보험 비슷한 것'이라는 메모인데, 가끔 확인을 하는 경우가 있으니까 꽤나 진지하게 받아 적고 있다.

"그래요. 어라? 하지만 저, 시마다 씨 이름을 이야기했던가요?"

투고할 때는 안 적은 것 같은데, 그러면서 고개를 갸웃거리

캐스터 탐정

는 에하라에게 아이가 바로 이야기했다.

"사실은 조금 전, 사와무라 씨네 댁 앞에서 만났거든요. 고양이 사료를 갖고 계셨으니까, 이제부터 고양이를 봐주시려는 참이라고."

"아, 그랬군요. 정말로 머리가 수그러지네요. 저 사모님 덕분에 피해가 무척 줄었거든요. 그때까지는 정말이지, 큰일이었어요. 고양이 울음소리는 엄청나지, 거세나 피임을 안하니까 계속 늘어나지, 늘어난 고양이가 다른 집 정원에서 장난을 치지……. 무엇보다 저 집 주변에 냄새가 냄새가, 정말 참을 수가 없었는데, 보다 못한 시마다 씨가 고양이 화장실도 설치하고, 동물병원에 데려가서 주사도 놓고 거세도 하고, 제대로 먹이도 주면서 고양이를 돌봐주게 되고 나서는 무척 개선되었어요. 조금 더 말하자면, 사와무라 할머니도 돌봐주는 모양이고요. 돈도 들 텐데 불평 하나 없이 해주거든요. 너무 미안하니까 자치회 회비에서 먹이값이랑 고양이 모래값을 주기로 했는데, 시마다 씨는 자기가 좋아서하는 일이라면서 받지도 않았어요. 저렇게나 성실하고 착한 사람이라니, 옆에 살면서도 몰랐어요."

그야말로 청산유수, 계속 말하는 에하라에게 미소로 맞

장구치던 아이가 이때 처음으로 질문했다.

"시마다 씨가 고양이를 돌보는 걸 달가워하지 않는 주민이 있다고 들었는데요."

"예? 누구예요? 그런 소리를 한 건."

이야기가 도중에 끊겨버린 것이 마음에 안 들었는지 에하라가 뾰로통하게 되물었다.

"시마다 씨, 본인이에요."

하지만 아이가 그렇게 대답하자 에하라는 어쩐지 떨떠름한 표정을 짓고 입을 다물었다.

"왜 그러시죠?"

아이가 싱긋, 미소를 짓고 에하라의 얼굴을 들여다봤다.

"아뇨, 고양이 일로는 다들 감사하니까, 나쁘게 말하는 사람은 없어요. 다만, 그게, 이전에요."

"이전?"

무슨 일이 있었느냐, 아이가 고개를 갸웃거리며 물었다. 에하라는 머뭇머뭇 잠시 고민했지만 아이가,

"에하라 씨?"

라고 이름을 부르자, 말하기 어렵다는 태도였지만 이야기를 시작하는 것이었다.

"아뇨, 시마다 씨, 후처인데, 시집왔을 당시에 시어머니랑 안 맞아서."

"…………."

갑자기 화제가 '막장 드라마' 같은 느낌이 되었는데, 내심 그렇게 생각하며 메모하던 내 옆에서 아이가,

"안 맞아서?"

뒷이야기를 재촉했다.

"결국에 시어머니를 집에서 쫓아내 버렸거든요. 애당초 시어머니 집이었는데도. 시어머니도 무척 드센 사람이었으니까, 첫 아내는 시어머니 쪽에서 쫓아냈다고 할까, 더는 못 참았는지 이혼해서 나가버리고, 그리고 저 미사코 씨가 시집을 왔어요. 미사코 씨도 무척 드센 모양이라 시어머니와 무척 화려하게 싸웠는데, 반년 정도 전이었을까. 시어머니의 모습이 보이지 않게 되었구나 싶었더니 세상에나, 멀리 있는 시설에 집어넣어 버렸다고."

"그렇군요. 그 일에 대해서는 당시에 이런저런 말을 하는 사람이 있었다…… 그런 거겠네요?"

아이가 앞질러 이야기하자 에하라는 역시나 떨떠름한 표정 그대로 말을 덧붙였다.

"뒷담화……라는 건 아니지만, 너무하다는 정도의 말은 들었나 보더라고요."

'들었다'가 아니라 '말했다'겠구나, 내가 마음속으로 그렇게 생각하는 걸 알아차렸는지 에하라가 찌릿 노려봤다.

"그럼 지금은 남편과 두 분이 사시는군요."

아이가 계속 질문했다.

"그래요. 외동아들이라서 그런지 마음이 약해서, 결국 미사코 씨가 말하는 대로 어머니를 시설에 집어넣었다며 남편 평가도 별로고요. 그 탓인지 남편, 계속 기운이 없었거든요. 그래도 고양이는 남편도 자주 돌보는 모양이에요. 민원을 넣을 수밖에 없겠다 싶은 수준까지 왔는데, 저 부부 덕분에 정말 살았어요. 사와무라 할머니도 도움을 받았다고 생각해요. 이웃들은 다들 그러거든요. 자기 어머니를 업신여긴 것에 대한 속죄 같은 게 아니냐고…… 아, 이건 딱히 악담으로 하는 말이 아니에요."

결국 '뒷담화'를 했다는 것을 스스로 드러낸 에하라가 황급히 말을 고쳤기에, 아이가 "그렇군요"라고 미소로 끄덕였다.

"그런데 사와무라 씨의 가족이나 친척분들은 혹시 이 근처에 계실까요?"

"그게 또 없어서요. 딸이 하나 있었을 텐데. 자치회 사람이 고양이 저택을 어떻게든 해달라며 연락을 넣으려 했는데, 결국 소재지를 알 수가 없었다고 그랬어요."

"그리고 사와무라 씨는 조금 그게…… 인지 능력에 문제가 보이기 시작하셨다고."

"시작한 정도가 아니라, 이미 상당히 치매기가 있어요. 그러니까 딸 연락처도 알아내지 못한 거고요. 어쩌면 시마다 씨를 자기 딸이라고 생각하는 것 아니냐, 다들 그래요."

그것 또한 '뒷담화'가 아닐까. 마음속으로 고개를 갸웃거리던 나를 이번에는 아이가 찌릿 노려본 뒤, 미소를 짓고서 에하라에게 물었다.

"그럼 어느 분께 촬영 허가를 받으면 될까요? 본인은 조금 어렵겠죠?"

"그러네요."

에하라는 잠시 생각했지만 아아 그렇지, 라며 무언가 떠올린 듯 미소를 지었다.

"여기서 세 칸 옆의 이마이 씨, 시의원인데, 이 일대의 노인층을 보살펴주고 있어요. 이 부근에는 혼자 사는 노인들이 많거든요. 그 사람한테 부탁하면 사와무라 씨한테 승낙을 얻을 수 있을 거라 생각해요.”

뭣하면 같이 갈까요, 에하라가 그렇게 나선 것은, 자신의 투고가 아이를 불러들였다는 사실이 너무나도 기뻐서 그런 모양이었다.

“감사합니다.”

아이 역시도 붙임성 있게 대응해서 더더욱 에하라가 들뜨는 것을 알 수 있었다.

시마다가 하고 있는 ‘미담’ 취재는 본인이 거부한다면 할 수 없지만, 고양이 저택 자체의 취재에 필요한 것은 ‘저택’ 소유자인 사와무라의 승낙이니까 시마다에게 거부권은 없다.

그러나 아이는 저 악취 감도는 고양이 저택에 왜, 그렇게까지 해서 들어가려는 걸까. 화제가 되는 것은 이웃사촌 사이에서 태어난 ‘미담’이지 고양이 저택 자체는 아닐 텐데.

그렇게 생각은 했지만 에하라가 있는 자리에서 사정을 물어보지는 못하고, 그대로 우리는 앞장서는 에하라를 따라 이마이 시의원의 집을 방문, 시의회에서 촬영 허가를 받아내겠다는 확약을 받을 수 있었다. 아이의 열변 덕분이었다.

“고양이 저택에 대한 취재였는데, 이야기를 듣는 사이에 홀로 사는 노인과 지역의 관계에 대해서 언급하고 싶다고 생각하게 되었습니다. 사와무라 씨의 따님과도 연락이 닿지 않는다고 하는데, 방송 출연을 기회로 연락처를 알 수 있게 될지도 모릅니다. 지역 일대에서 노인들을 돌봐주고 계신 이마이 씨를 중심으로, 모쪼록 취재를 할 수는 없겠습니까?"

이마이는 아이의 말을 두말없이 받아들여서 2, 3일 안으로 카메라가 들어갈 수 있도록 사와무라의 허가를 얻어내겠다고 약속해주었다.

그 후로 아이와 나는 에하라와 이마이가 소개해준 근처 주민 두세 명에게 이야기를 들었지만, 그들로부터는 에하라와 같은 내용의 이야기만 들을 수 있었다.

한 사람, 사에구사라는 주부가, 시마다가 이전에 시어머니를 시설에 억지로 넣었다는 이야기 다음으로, 그것이 마음 아팠는지 남편은 한동안 정신적으로 내몰린 표정을 짓고 있었지만 고양이를 돌보기 시작한 뒤로는 안색도 좋아지고, 밝아졌다고 생각한다는 이야기를 해준 것이 인상에 남았다. 자원봉사는 받는 쪽만이 아니라 하는 쪽에도 도움이 된다는 걸까, 그렇게 생각했으니까. 어지간히 고양이를 좋아하지 않는 한, 저런 악취 가운데서 고양이를 돌보는 것은 당연히 고통일 텐데, 세상에 도움이 된다는 마음이 시마다 남편의 정신적 안정을 이끌었다는 것일까. 그런 필요도 없는 분석을 하고 아이에게 이야기했더니, 바보 취급하는 것 같은 눈으로 바라보고 끝나버렸다.

"자, 이제부터 어떻게 할래?"

차로 돌아와서 안전벨트를 차며 나는 아이에게 물었지만 그의 대답은 '사무소로 돌아간다' 말고는 없으리라 예상하고 있었다.

아이는 방송국 스태프를 이용하지 않고 자신의 '팀'을 결성했다. 사무소 사원은 아니고 파견 회사의 외주이지만 카메라맨과 음성, 조명까지 세 명은 거의 아이 전용으로 되어 있어서 말만 하면 언제든지 뛰어올 것이다.

돈이 되니까, 그렇다기보다는 아이의 인품에 이끌린 것이라고 생각한다. 이마이한테 취재 허가를 받아냈다는 연락이 들어오면 바로 그 세 사람을 확보하자, 그런 앞일까지 생각했지만 아이의 대답은 내 예상에서 크게 벗어났다.

"경시청으로 갈게."

"어? 경시청?"

어째서, 영문을 알 수가 없어서 되묻는 내게 대답하지 않고 아이는 차를 출발시켰다.

"뭐 하러 가는데?"

운전을 하는 그에게 물었다.

"사이토 경부보를 만나러."

"어—."

내 입에서 무심코 우울함을 알리는 목소리가 새어 나오고 말았다.

"그렇게 싫어하지 말고."

아이가 쓴웃음 지으며 나를 봤지만, 나는 딱히 사이토를 좋아하지도 싫어하지도 않고, 굳이 따지자면 사이토가 우리——라고 할까, 주로 아이를 싫어하는 것이었다.

우리보다 대여섯 살 정도 연상으로 삼십 대 중반인 그는 경시청 수사1과의 형사다. 왜 캐스터인 아이가 '미움을 받을' 정도로 인연이 생겼느냐면, 아이가 방송 중에 자신의 취재로 누명을 밝혀냈을 때 수사를 담당하던 것이 바로 이 사이토라서, 이후로 그는 아이를 눈엣가시로 여기는 것이었다.

"만나주진 않을 것 같은데?"

약속도 없이, 내가 그렇게 말하자 아이가 어깨를 으쓱였다.

"약속했다면 더더욱 만날 수 없을 테지?"

"아, 그런가."

그렇구나, 라며 끄덕인 뒤, 애당초 아이는 뭘 하러 사이토를 만나려고 하는지 물어봐야 한다는 것을 깨달았다.

　"지금 그 고양이 저택 건이지? 경찰한테 전달해야 할 이야기가 뭔가 있었던가? 아, 사와무라 씨의 딸 수색을 부탁하게? 하지만 곧 나오지 않을까?"

　떠오르는 것은 그 정도다, 그렇게 말하는 나를 운전 중이라 곁눈으로 흘끗 바라본 뒤, 아이는 참으로 차갑게 대답했다.

　"두 번 말하는 건 귀찮으니까, 사이토 경부보랑 같이 들어줘."

　"너도 날 싫어하냐."

　너무해, 그러면서 노려봤지만 아이는 전혀 상대해 주지 않고 반대로 지시를 내렸다.

　"컴퓨터 갖고 있어? 아, 스마트폰이라도 돼. 이마이 시의원의 경력, 조사해 줘."

　"이마이 씨? 그 사람이 뭔가 수상하다고?"

　그러니까 조사를 시키는 건가, 그렇게 물어봤지만 역시나 아이는 아무것도 가르쳐주지 않았다.

　정말로 나를 싫어하는 게 아니냐며 살짝 화를 내면서도

　　　　　　　　　　　　　　　캐스터 탐정

지시에 따라 이마이 시의원을 조사했지만, 딱히 이렇다 할 내용은 나오지 않았다.

"현재 45세이고, 시의원이 되기 전에는 회사원이었고. 대학교는 W대, 출신지는 스기나미야. 예정 같은 것도 전부 홈페이지에 실려 있는데?"

"언제부터 시의원이야?"

"6년 전."

"뭔가 신경 쓰이는 점은?"

"신경 쓰이는 점이라니?"

예를 들자면, 그렇게 되묻는 나를 또다시 곁눈질로 노려본 뒤, 아이는 고개를 절레절레 내저으며 한숨을 흘렸다.

"악인으로 보이진 않느냐는 거야."

"모르겠어, 홈페이지를 봤을 뿐인데."

그렇게 대답하자 아이에게서는,

"이름으로 검색해서 나오는 건 홈페이지만이 아니잖아."

그런 말이 돌아오고, 그럼 평판을 보라는 건가, 나는 다시 검색을 시작했다.

하지만 딱히 이렇다 할 페이지는 찾지 못했다.

"화제가 되는 기색은 없어. 좋든 나쁘든. 아, 노인 문제에 대한 집회 명부에 이름이 있었어."

"그런가."

알았어, 그렇게만 말하고 아이는 아무런 코멘트도 달아주지 않았다.

과연 나는 도움이 되었나? 안 되었나?

그 정도는 가르쳐줘도 될 거라고 생각하는데, 그런 원망스러운 눈으로 봤더니 아이가 앞을 똑바로 바라보며 계속 운전을 하고 있었다.

아이가 가진 또 하나의 단점은, 어쩌면 나한테만 그러는 걸지도 모르겠지만, 이런 식으로 갑자기 쌀쌀맞아지는 것이었다.

마음을 허락한 상대니까──그런 것일지도 모르겠지만, 누구에게나 붙임성 있는 그가 갑자기 차가워질 때가 있다.

스위치가 어디에 있는지는 잘 알 수가 없고, 굳이 따지자면 사고력을 풀 스로틀로 움직일 때가 아닐까 생각하지만, 그런 때에 마침 옆에 있으면 이런 짓궂은 말을 듣는 것이다.

'응석받이'도 곤란하지만 '심술쟁이'로서 짓궂게 대하는 것도 무척 힘겹다. 그렇지만 최근에는 이미 익숙해져 버려서 침울하게 여기는 일도 없어졌다.

반대로 그렇게나 그가 생각에 잠긴 일은 뭘까, 그런 호기심이 샘솟게 되었다. 혹시 나한테는 살짝 M 기질이 있는 걸지도 모르겠다. 뭐, 물론 농담이지만.

지금 아이의 미간에는 또렷하게 주름이 새겨져 있었다. 대체 무슨 생각을 하는 걸까, 그와 마찬가지로 사고력을 풀스로틀로 움직이던 나를 태운 아이의 애차는, 경시청을 향해 도내를 질주했다.

경시청에서 아이는 그의 미모에 머어엉해진 접수처 여성에게 수사1과의 사이토 경부보를 불러달라며 말하고, 그녀는 들뜬 목소리로 수사1과에 연락을 넣어주었다.

하지만 연락은 받은 사이토에게는, 역시나 들뜬 기분을 주지는 못했나 보다.

"저기, 용건을 물어보라고 하는데요⋯⋯."

미안하다는 듯 묻는 그녀에게 아이는 싱긋, 참으로 화려하게 미소를 짓는가 싶더니, 틀림없이 사이토가 잔뜩 분노할 것이 틀림없을 말을 건넨 것이었다.

"선량한 시민의 의무를 다하러 왔어요. 모쪼록 이야기를 들어달라고 전해 주시겠나요?"

"알겠습니다."

접수처 여성은 얼굴이 점점 새빨개졌다. 그녀는 전화 보류를 풀더니 수화기를 향해 아이의 말을 건넨 뒤, 무언가 화를 내는 사이토에게,

"어쨌든 와주세요."

그렇게 말하고는 전화를 끊어버렸다.

"잠시만 기다려주세요."

인사를 하는 그녀에게 아이가 "고마워요"라고 감사를 건넸다.

"저기, 사인, 받을 수 있을까요."

용기를 낸 모양인 그녀에게 아이가 "물론이죠"라며 미소 짓고, 그녀가 건넨 종이에 사인을 시작한 그때, 등 뒤에서 누군가가 달려오는 발소리가 들린 직후에 날이 선 목소리가 울렸다.

"이봐, 웃기지 말라고. 뭐가 선량한 시민의 의무냐."

"사이토 경부보, 바쁘신 와중에 미안합니다."

사인을 마친 아이가 그를 돌아보고 싱긋 미소 지었다.

"너희들, 근무 시간 중에 사인 같은 거 받지 마."

사이토는 멍한 접수처 여성을 혼낸 뒤, 아이에게 날카로운 시선을 향하며 밉살스럽다는 목소리로 물었다.

"용건은 뭐냐? 내용에 따라서는 그냥 두지 않을 거라고."

무섭다. 사이토의 외모와 어우러져서 그가 노려볼 때는 정말로 무섭다고 나는 목을 움츠리며, 오랜만에 보는 사이토의 모습을 아이 뒤쪽에서 몰래 관찰했다.

키는 195센티미터 가깝지 않을까 생각한다. 덩치가 좋다기보다는 늘씬한 인상인 몸을 검은 정장으로 감싸고 있다. 헤어스타일은 올백. 딱 정돈되어서 빈틈이라고 할 것이 하나도 없다.

안광이 날카로운 눈은 외꺼풀이고 눈썹과 눈 사이가 좁아서 노려보면 정말로 무섭다. 콧날도 오똑하고 입술도 조금 얇지만 모양이 좋으니까 세간에서 말하기로는 충분히 미남으로 통할 터인데, 어쨌든 눈매와 말투가 무서워서 소문에 따르면 30대 중반인데 아직 독신이라고 했다.

"무서운 표정 짓지 마세요."

하지만 사이토의 노려보는 눈빛도 아이에게는 안 통하는지 싱긋 미소를 지으며, 세상에나 그를 향해 오른손을 내밀었다.

"오랜만입니다."

"용건은."

악수할 생각으로 건넨 아이의 손을 흘끗 쳐다보기만 하고 사이토는 다시 시선을 되돌리더니, 아이의 얼굴을 향해 날카로운 눈빛을 보내며 짧게 그리 물었다.

"인사 정도는 받아주세요."

아이는 쓴웃음을 지은 뒤, 살짝 목소리를 낮추고 사이토에게 한 걸음 다가가서 이렇게 말을 던졌다.

"사실은 조사를 부탁드리고 싶은 게 있거든요. 경찰의 힘을 빌리지 않으면 조금 어려운 일이라서."

"경찰은 방송국의 조사기관이 아냐. 냉큼 돌아가."

사이토는 차갑게 말하더니 발길을 돌리려고 했다. 그의 등을 향해 아이가 말을 건넸다.

"살인사건 의혹이 있으니까 조사를 부탁드린다는 이야긴데요."

"뭐라고?"

사이토의 걸음이 멈추고, 여전히 삼엄한 눈빛으로 그가 아이를 돌아봤다.

살인사건? 놀란 것은 사이토만이 아니었다.

"이야기, 들어주겠어요?"

나 역시도 무척 놀라며, 사이토를 향해 씨익 웃는 아이 뒤에서 어느새 우리는 살인사건을 조사했을까, 홀로 고개를 계속 갸웃거린 것이었다.

4

　사이토는 떨떠름한 느낌으로 아이와 나를 회의실로 데려갔다. 재빠르게 아이를 발견한 사무원이 커피를 타서 가져다주는 것을 "필요 없다"라며 차갑게 돌려보내고, 우리와 마주 앉자마자 그는 질문을 시작했다.

　"살인사건이라니 뭐지?"

　"과거에 살인이 벌어졌을지도 모르거든요. 스기나미의 고양이 저택 취재 중, 신경 쓰이는 게 있어서."

　"고양이 저택? 동네 트러블인가?"

　"아니, 트러블이 아니에요. 고양이 저택의 주인은 노인인데 옆집 부부가 대신에 고양이를 돌보고 있으니까, 현재로서는 트러블을 피할 수 있게 되었다나."

　"그건 다행이군…… 하지만, 살인사건은 무슨 이야기지?"

　어디서 나오는 것인가, 사이토가 짜증 어린 목소리로 질문했다.

"그 부부의——남편의 어머니가, 반년 전에 모습을 감추었거든요."

"어?"

먼 곳의 시설에 억지로 집어넣었다고 그러지 않았던가, 무심코 목소리를 높인 나를 흘끗 쳐다보고 아이가 계속 말했다.

"먼 곳의 시설에 집어넣은 것으로 되어 있는 모양인데, 그게 사실인지, 사실이라면 어느 시설인지를 조사해 줄 순 없을까요?"

"피해자는 그 어머니라는 거로군. 그래서, 그렇게 생각하는 근거는?"

사이토의 물음을 내가 품고 있던 의문 그 자체라서, 어째서 그렇게 생각하느냐며 그만 아이의 얼굴을 주목하고 말았다.

"고양이를 돌보기 시작한 거예요. 처음부터 설명할게요. 우선, 고양이 저택의 주인은 사와무라 씨라는 노파예요."

아이는 그리고 오늘 우리가 보고 들은 것을 간단히 사이토에게 설명했다.

홀로 사는 노파, 사와무라가 버려진 고양이나 길고양이를 집으로 데려오게 된 것, 민원을 넣어야 하지 않을까 싶을 무렵에 옆집의 시마다라는 부부가 고양이를 돌보고 나선 것, 덕분에 피해가 줄어든 것을 기뻐한 시마다 부부 옆집의 주부, 에하라가 아이의 방송에 투고해서 그 '미담'을 취재하러 갔더니 시마다 본인으로부터 취재를 거부당한 것——여기까지 이야기를 들은 사이토가,

"취재 거부를 당한 원한이냐."

그렇게 따졌는데, 그 생각은 내 마음에도 떠오른 것이었다.

"취재 거부 같은 건 항상 있는 일이니까요. 일일이 원한을 품어서는 못 버텨요."

아이가 쓴웃음 짓고 이야기를 되돌렸다. 아이에게 그런 생각은 없겠지만 사이토는 바보 취급을 당했다고 생각한 모양이라, 그의 몸에서 이제까지도 충분히 발산되던 짜증 오라가 더더욱 짙어지는 것을 알 수 있었다.

그것을 깨달았는지 못 깨달았는지, 아이가 계속 이야기했다.

"어쨌든 시마다 미사코의 시어머니가 정말로 시설에 들어갔는지——지금 무사히 있는지를 시급히 확인했으면 해요. 사망 신고가 제출되었을 일은 일단 없다고 생각하지만, 그것도 확인을 부탁할게요. 그리고 시마다가가 저 집을 처분

할 예정은 없는지도.”

“살해당했다는 증거는?”

사이토가 무뚝뚝한 표정으로 다시 아이에게 물었다.

“그러니까 고양이 저택을 돌보기 시작한 거예요.”

“고양이 저택에 묻었다는 거냐?”

사이토가 어이없다는 표정으로 묻자 아이가 “그래요”라고 끄덕였다.

“사와무라 씨가 고양이를 모으기 시작한 건 1년 이상 전의 일이에요. 그 시점에서는 방치했는데, 약 5개월 전부터 시마다 부부가 돌보기 시작했다. 그건 어째서인가. 반년 전에, 남편에게는 어머니를, 미사코에게는 시어머니를 살해하고, 시체를 자택에 숨기고 있었던 건 아닌가. 죽인 친어머니와 한 지붕 아래에서 사는 건 남편으로서는 너무나도 힘들었다. 시마다가는 협소주택이라 정원이 없거든요. 파묻을 장소가 없다. 그래서 남편이 노이로제 같은 상태가 되어버렸기에, 시체를 옆집 정원에 파묻자고 생각한 건 아닌가…… 그렇게 추측하고 있어요.”

아이의 설명을 듣고 등줄기가 서늘해졌다. 살인을 얼버무리기 위해서 고양이 저택을 돌보기 시작했다고? 확실히 저

냄새는 시체의 악취마저도 얼버무려 주겠지. 게다가 고양이 저택의 주인은 치매라서 친족의 행방도 바로 알 수는 없는 상태다.

남편에게 정신적인 안정을 주기 위해서는 우선 시체를 처분한 뒤, 집을 팔고 현장을 떠난다. 시마다 미사코가 그런 계획을 세웠다고 아이는 상정한 듯했다.

오늘, 취재는 전부 아이와 함께 다녔다. 하지만 나는 아이가 생각한 것을 전혀 떠올리지 않았다.

이야기를 들으니까 그러고 보니, 짐작 가는 것은 있었다. 시마다 남편이 기운을 되찾은 것은, 친어머니의 시체를 옆집 부지 안에 묻을 수 있었으니까. 흘끗 본 시마다가에는 확실히 정원은 없었다. 시체가 있었다면 아마도 벽장에라도 숨겨두지 않았을까 여겨진다.

그런 사정이 있다면 취재를 거부하고 싶다는 마음도 이해할 수 있다. 그렇구나——그렇게 납득한 것은 아무래도 나쁘라고, 다음 순간에는 알게 되었다.

"망상이다."

너무나도 간단히 사이토는 그렇게 말하더니, 일부러 그러듯 굳이 큰소리를 내며 일어섰다.

"구체적인 증거가 나온 다음에, 말하러 와라."

"그럼, 방송에서 먼저 발표해도 되겠죠?"

아이가 싱긋, 사이토에게 웃음을 건넸다.

그렇구나.

이 방문이 무엇을 의미하는지를 나는 지금 이 순간, 이해했다. 요컨대 절차는 지켰다고, 그것을 명백하게 해두고 싶었던 거겠지.

"마음대로 해라. 창피나 당하고 끝나겠지만."

사이토가, 아이가 생각한 그대로의 말을 입에 담고 떠나려 했다. 그의 등을 향해 아이가 말을 건넸다.

"시마다 씨의 생사만큼은 확인, 부탁할게요. 주소는 스기나미구 미나미아사가야 2의……."

"알 게 뭐냐."

돌아보지도 않고 사이토가 떠났다.

"'알 게 뭐냐'라고 그러면서도 조사해 주는 게 사이토 경부보란 말이지."

후후, 아이는 웃더니 내게 시선을 향하고,

"그럼, 돌아갈까. 타케노우치도 할 일이 있잖아?"

너무나도 배려심 깊은 말을 해서, 무척 기분이 좋다는 것을 깨닫게 해주었다.

돌아가는 도중, 그러고 보니, 라며 나는 의문을 떠올리고 아이에게 물어보기로 했다.

"처음부터 시마다 씨가 시어머니를 살해했다고 짐작했다면, 어째서 시의원 이마이 씨를 조사하라고 한 거야?"

"이마이 씨도 거들었을 가능성도, 낮다고는 해도 없지 않아. 확인하고 싶었던 거야."

아이의 대답에 그렇구나, 라며 수긍한 참에 휴대전화 착신음이 울렸다.

"받아줘."

아이가 휴대전화를 내게 건넸다.

"호랑이도 제 말 하면…… 이마이 씨겠지."

아이의 말대로 화면에는 이마이의 이름이 적혀 있었다.

"예. 아이의 휴대전화입니다. 본인은 운전 중이라 대신에 저, 타케노우치가 받았습니다."

자주 있는 일이라서 이 말이 술술 나왔다.

"이마이입니다. 조금 전에 만난……."

"이마이 씨, 연락 감사합니다. 조금 전에는 감사했습니다. 취재 이야기입니까?"

아이를 대신해서 묻자 이마이는,

"그렇습니다."

신이 난 목소리를 건넸다.

"취재 허가, 받았습니다. 내일이든 모레든 괜찮습니다. 사와무라 씨 본인에게는 이야기를 들을 수 없을지도 모르겠지만, 제가 입회해서 상황을 설명하고자 합니다."

이마이의 말을 아이에게 전했다.

"스기시타 씨 쪽과 예정을 맞춰서 일정을 잡을게. 바로 연락하겠다고 전해줘."

"알았어."

그 말대로 이마이에게 대답하고, 나는 아이의 휴대전화로 카메라맨 스기시타에게 전화를 걸었다.

"타케노우치입니다. 팀 아이, 내일이나 모레, 움직일 수 있나요?"

"내일이든 모레든 괜찮아. 장소는? 도내인가?"

전화를 받은 스기시타 씨가 즉답하더니 취재 장소를 물었다.

"도내예요. 스기나미구."

"그럼 아침부터 심야까지 오케이라고 아이 씨한테 전달

해 줘."

그 말 그대로 아이에게 전달하자,

"감사!"

그런 대답이 있었기에 그대로 스기시타 씨에게 전했다.

"그래서, 시간은?"

기분 좋은 모양이구나, 쓴웃음 지으며 스기시타 씨가 물었다.

"내일? 모레? 어떻게 할래?"

"내일 오후 세 시로 하자."

아이는 잠시 생각한 뒤, 취재 시간을 정하고 내게 전달했다.

"알았어."

끄덕이고 내일 오후 세 시, 스기시타 씨에게 전했다.

"알았다."

스기시타 씨와 통화를 마치고 나는 바로 이마이 시의원에게 전화, 내일 오후 세 시로 취재 일시를 전했다.

"알겠습니다. 대기하고 있을게요."

이마이가 대답을 하고, 나는 감사를 건네고 전화를 끊으려 했지만 이때 아이가 갑작스럽게도 여겨지는 발언을 한 것이었다.

"취재 일시에 대해서는 비밀 엄수를 부탁하고 싶어. 사와무라 씨한테도, 말이야."

"저기, 죄송합니다만 취재 일시에 대해서는 비밀로 부탁드릴 수 있을까요? 사와무라 씨한테도 전하지 않았으면 합니다."

어째서지? 그렇게 생각하면서도, 전화를 끊으려던 이마이에게 서둘러 전했다.

"예? 아, 소란스러워지면 곤란하니까요. 알겠습니다."

이유를 묻는다면 어떻게 할까 걱정했는데 이마이는 멋대로 해석하고, 그럼 내일 오후 세 시, 라고 확인한 뒤에 전화를 끊었다.

"소란스러워질 테니까……가 아니지? 왜 입막음을 했어?"

전화를 끊고 아이에게 물었다. 그러자 아이는 내 질문에 대답하지 않고,

"하나 더, 전화해 줘."

새로운 지시를 내렸다.

"어디에? 아, 이케다 프로듀서?"

그 정도밖에 떠오르지 않는다고 물으며, 아마도 정답이었을 전화번호를 여는 내 귀에,

"틀렸어."

라는 아이의, 짓궂기만 한 목소리가 꽂혔다.

"사이토 경부보야. 아마도 받아주지 않을 테니까, 자동 응답기에 취재 일시를 남겨놓으면 돼."

"언제 또 전화번호를 얻은 거야?"

사 행을 열자 확실히 '사이토 경부보'의 이름이 있었다. 놀라면서도 말하는 대로 전화를 걸고, 역시나 말하는 대로 자동 응답기로 넘어갔으니까 메시지를 남겼다.

"고마워. 이걸로 끝이야."

아이가 싱긋 웃고, 마침 빨간 신호에 차를 세운 참이었기에, 스마트폰을 돌려달라는 듯이 손을 뻗었다.

"돌아가면 계획을 짜자. 시마다 부부의 정보를 수집하려면 어떻게 해야 할지. 변장해서 나갈 필요가 있을지도 몰라. 타케노우치도 협력해 줘. 미안하지만 나는 얼굴이 팔려 있어서 들켰을 때 문제가 될 가능성이 크니까. 미안하지만 부탁해."

"······알았어."

전혀 '미안하다'라고 생각하지 않는 주제에——그렇게 말하고 싶은 것을 꾹 참고 받아들인 것은, 나 자신이 이 일에 억누를 수 없는 흥미를 느껴버렸기 때문이었다.

과연 아이의 추리는 정답인가. 그 추리를 선보이며 그는 어떤 방법을 사용하려는 건가. 혹시 정답이라면 '살인사건'이니까 이런 표현은 무척 부적절하겠지만, 어쩔 수 없이 가슴이 두근두근하는 내가 있었다.

"그럼 서두르자."

신호가 파란색으로 바뀐 것을 보고 아이가 차를 출발시켰다. 흘끗 쳐다본 그의 옆얼굴은 참으로 의욕에 넘치는 표정이라, 그 역시도 들떠 있다고 내게 알려주는 것이었다.

다음 날 오후 두 시 오십 분. 우리는 '팀 아이'가 항상 사용하는 검은색 밴으로 사와무라가 앞에 도착하여, 오후 세 시부터 개시할 촬영을 준비하고 있었다.

"고양이 저택인가. 고양이, 좋단 말이지."

카메라맨 스기시타 유마는, 레슬러라고 하면 믿어버릴 정도로 덩치가 좋은 남자다. 근육이 우락부락하지만 그것은 취미가 보디빌딩이라서 그렇다고, 허울뿐인 근육이라고 스스로 털어놓았다.

기뻐하는 모습인 그의 옆에서,

"개가 더 좋은데."

입술을 삐죽이는 것이 '팀 아이'의 홍일점, 음성 담당인 미시마·유리에. 보이시한 용모라 제대로 화장만 한다면 절세의 미녀가 되겠지만, 항상 화장기 없는 맨얼굴이라 소년으로 착각을 당할 때도 많다. 하지만 사실은 서른을 넉넉히 넘은 나이였다.

아이의 방송에서는 여성을 쓰지 않는 것이 불문율인데, 촬영팀에 그녀가 들어온 건 성적지향 덕분이었다. 간단히 말해서, 미시마의 연애 대상은 여성으로 한정되는 것이었다.

"여하튼 스무 마리가 있으니까 냄새가 나는군. 차 안에까지 나잖아."

우울한 표정으로 그렇게 말한 사람은 조명 담당인 야에가시 사토루였다. 키는 172센티미터인 나와 그리 차이가 없고 호리호리한 몸을 가졌지만, 무거운 조명 기자재를 어디까지나, 그리고 몇 시간이나 계속 들 수 있는 체력에는 감탄을 금할 수가 없었다.

놀라운 것은 나이로, 외모는 삼십 대 중반이지만 사실은 쉰에 가깝다는 터프가이였다.

"이만큼 밝으면 조명은 필요 없겠지. 일단은 차에서 대기하면 되겠지?"

야에가시의 질문에 아이가 "물론이죠"라고 수긍했다.

"집 안을 찍을 때랑 그리고 뭐, 클라이맥스일까. 그때까지는 느긋이 계시도록 해요."

아이는 미소로 그렇게 말하고는 스기시타와 미시마, 그리고 내게 "가자"라며 말을 건네고 밴에서 내렸다.

"안녕하십니까, 수고하십니다!"

문 앞에 있던 시의원 이마이가 만면의 미소를 짓고 우리에게 다가왔다. 그의 옆에는 방송 홈페이지에 정보를 올려준 에하라도 있어서, 입막음을 한 보람이 없었냐며 나를 힘이 빠지게 만들어주셨다.

"미안합니다, 아무리 그래도 에하라 씨한테는 말을 해야할 것 같아서……."

얼굴에 드러내지는 않았다고 생각했지만 내 표정에서 이마이는 심경을 헤아렸는지, 겸연쩍은 표정으로 머리를 긁적이며 그런 말을 덧붙였다.

"저, 아무한테도 말 안 해요. 물론 사와무라 씨한테도,

그리고 시마다 씨한테도."

괜찮아요, 라며 가슴을 펴는 에하라는 방송에 나올 생각이 가득한 복장이었다. 이마이도 마찬가지, 였다.

과연 이 두 사람이 화면에 나올 때, 얼굴을 내달라고 요구할까. 아마도 그런 태평한 상황은 아니겠지. 마음속으로 이것 참, 그러면서 한숨을 내쉬는 내 앞에서는 아이가 싱긋 웃으며 이야기를 시작했다.

"오늘은 감사합니다. 에하라 씨가 참가하시는 건 전혀 문제없어요. 그럼 촬영에 들어갈까요."

"그러네요. 그럼 이쪽으로 오시죠. 사와무라 씨한테 말을 해뒀으니까."

이마이가 그렇게 말하고 문으로 들어가려 했다. 그때 등 뒤에서 여성의 날카로운 목소리가 울렸다.

"잠깐, 뭘 하는 거예요? 취재라면 어제, 거절했잖아요!"

돌아볼 것까지도 없이 목소리의 주인이 시마다임은 알 수 있었다.

"아니에요, 시마다 씨. 이건 사와무라 씨의 '고양이 저택'에 대한 취재이고, 허가는 사와무라 씨한테 제대로 받았습니다."

아이랑 내가 무어라 말하기도 전에, 곧바로 이마이가 거들어줬다.

"뭐가 허가야. 사와무라 씨, 치매인 거 알고 있는 주제에. 아무것도 모르는 걸 기회 삼아서 '허가를 받았다' 같은 소릴 하는 것뿐이잖아."

시마다의 험악한 분위기는 엄청났다. 분노가 지나친 탓인지 눈매가 올라가서 마치 여우 같은 얼굴이 되어 있었다.

"아뇨, 치매가 아닙니다. 따님과 연락을 취할 수 있을지도 모른다고 했더니 기꺼이 받아들여 주셨어요."

"거짓말이야!"

"거짓말 아닙니다."

처음부터 '거짓말'이라 단정을 짓자 역시 이마이 씨도 화가 났나 보다.

"어쨌든 취재 대상은 사와무라 씨이지, 당신이 아닙니다. 사와무라 씨가 받아들이겠다고 했는데 당신이 거절할 순 없다고요. 당신은 딱히 사와무라 씨의 대리인 같은 것도 아니잖아요?"

"애당초 취재는 내가 고양이를 돌보는 것에 대한 내용이었을 텐데. 그걸 내가 거절했으니까, 이야기는 거기서 끝났을 테고."

"영문을 모르겠네. 어째서 그렇게나 싫어하는 겁니까? 당신 이름은 안 나와요. 친절한 이웃이 대신에 고양이를 돌봐준다는 이야기를 내보낼까 싶었지만, 그렇게까지 싫어하신다면 그만두겠습니다. 그럼 되겠죠?"

이마이는 시마다가 또다시 말하려는 것을 무시하고 아이에게 말을 건넸다.

"죄송합니다, 어쩐지 어수선해서. 자, 가시죠."

"잠깐! 이마이 씨!"

시마다는 떠들어댔지만, 조금 전보다 얌전해진 것은 아무래도 '그렇게나 싫어하는' 이유를 설명할 수 없어서 그런 게 아닐까 여겨졌다.

"이야기는 끝입니다."

이마이가 차갑게 내뱉고, 아이와 촬영팀을 안으로 인도하려고 했다.

"그렇다면 저도 같이 들어가겠어요!!"

무슨 생각을 했는지 시마다가 갑자기 그렇게 주장하고 함께 안으로 들어가려 했다.

"시마다 씨, 적당히 좀 하세요."

이마이가 지긋지긋하다는 표정을 지었다. 그러자 그때까지 이마이에게 대응을 맡기고 있던 아이가 여기서 입을 열었다.

"이마이 씨, 괜찮겠죠. 시마다 씨는 매일 고양이를 돌보며 사와무라 씨 댁에 다니고 계시니까, 이래저래 사정도 알고 있겠죠."

"하지만……."

이마이가 떨떠름한 것은 시마다가 취재를 방해할 생각은 아닌지 걱정하기 때문인 듯했다. 나 역시도 같은 생각이었다. 그만큼 시마다 씨의 얼굴에는 어딘가 막다른 곳에 몰린 듯한 표정이 드리워져 있었던 것이다.

"생방송도 아니니까, 뭐가 찍히든 편집할 수 있으니까요."

싱긋. 걱정스러운 표정인 이마이에게 아이가 화려한 미소를 지었다.

그 미소를 보고 '호와아' 같은 목소리를 높인 것은, 이마이 옆에 있던 에하라였다.

"아이 캐스터가 그렇게 말씀하신다면, 그걸로 괜찮지 않을까요."

에하라의 눈이 하트 모양으로 변한 것을 알 수 있었다. 혹시나 시마다도, 그런 생각에 슬쩍 살폈지만 그녀의 표정은 그저 굳은 채로, 더더욱 험악한 시선으로 아이를 노려보고 있었다.

전국의 사모님을 포로로 만들어버리는 아이의 미소도 시마다에게는 효과가 없다는 건가, 그렇게 수긍하는 것과 동시에 혹시나, 다른 가능성을 깨달았다.

'뭐가 찍히든 편집할 수 있으니까요.'

아이의 말은 혹시 시마다를 흔들기 위해서 꺼낸 게 아닐까.

찍어서는 안 되는 것. 찍힐 리가 없는 것이, 이 집에는 있다는 것처럼도 듣기에 따라서는 받아들여졌다.

시마다가 아이의 의도를 알아차렸느냐고 묻는다면 아닐 가능성이 높아 보이지만, 자신이 저지른 죄가 들키는 걸 두려워하는 것은 틀림없었다.

역시나 아이의 예상이 옳았을지도 모른다. 그런 생각을 하던 내 귀에 아이가 살짝 어이없어하는 목소리가 울렸다.

"타케노우치, 멍하니 있을 틈이 있다면 스기시타 씨를 도와줘."

"어, 알았어."

확실히 멍하니 있을 때가 아니었다며 어깨를 움츠리고,

캐스터 탐정

촬영 준비를 시작한 스기시타 쪽으로 갔다.

"매번 그렇지만, 스릴 있네."

스기시타가 몰래 내게 속삭이고 싱긋 웃었다. 명백하게 즐기는 모습인 그에게 나는 "혼날 거예요"라며 속삭여 대답했지만, 아이에게 혼난 것은 나였다.

"소곤소곤하지 마. 가자고."

"예. 죄송합니다."

아이는 '팀 아이' 멤버를 굉장히 배려하고 돈도 쓴다. 능력이 높은 그들을 거의 독점하고 있으니까 나름대로 보수를 지불하는 것도 당연하고 경의를 표하는 것도 당연하다는 것을, 나는 몇 번이나 아이 본인의 입으로 들은 적이 있었다.

팀을 소중히 하는 만큼의 여파가 어쩐지 전부 나한테 오는 것 같다는 느낌이 없지도 않지만, 설령 그럴지라도 나는 그들 같은 그 방면의 전문가가 아니니까 어쩔 수 없는 일이겠지.

순순히 사과하고 스기시타와 함께 아이를 따라 문 안으로 들어가서, 이어서 현관을 통해 집 안으로 들어갔다.

문밖에도 마치 동물원 같은 냄새가 가득했지만 집 안은 더욱 심했다. 현관을 들어서면 복도로 이어지는데 그곳에서 이미 고양이 두 마리를 발견했다.

우리를 보고 안쪽으로 달려간 고양이들을 뒤따르듯이 이마이가 복도를 나아가며 이 집의 주인을 불렀다.

"사와무라 씨, 방송국에서 왔어. 어제 이야기한 아이 캐스터야. 알고 있지?"

안쪽으로 나아가며 짐승 냄새는 점점 더 강해졌다. 마스크를 끼고 싶지만 아무도 안 하니까 주저하는 사이에 안쪽 방에 도착했다.

"…………."

우와, 목소리를 높일 뻔했던 것은, 다다미 깔린 그 방에 순간적으로는 몇 마리인지 셀 수 없을 정도의 고양이가 존재하고 있었으니까.

우리 모습을 보고 일제히 야옹야옹 울기 시작하고, 여기저기서 마구 돌아다녔다.

방구석에, 벽에 등을 기대고서 앉아 있는 노파가 아무래도 '사와무라 씨'인가 보다. 그녀 주위에도 역시나 고양이, 고양이, 고양이라서, 이마이가 다가가자 몇 마리가 샤악—하고 공격태세에 들어갔다.

"사와무라 씨, 아이 캐스터야."

이마이가 또다시 아이의 이름을 입에 담았다.

"그래, 23시 20분의 남자구나."

고양이 세 마리를 안고 있던 노파가 그러는가 싶더니 아이에게 시선을 향했다.

"어머나, 실물은 텔레비전으로 보는 것보다 더 미남이네."

엄청 멀쩡하잖아. 치매기가 있다고는 여겨지지 않았다. 감탄한 내 옆에서 에하라가 몰래 속삭였다.

"깜박깜박하거든요. 오늘은 멀쩡하지만, 무슨 말을 하는지 전혀 알 수가 없을 때도 있으니까."

"그런가요."

역시나 속삭이는 목소리로 대답한 내 앞에서 아이가 사와무라에게 미소로 말을 건넸다.

"감사합니다. 그런데 사와무라 씨, 고양이, 좋아하시는군요. 지금 몇 마리 기르고 계시는가요?"

"몇 마리일까. 스무 마리는 넘어. 하지만 서른 마리는 안 되겠지. 먹이값만으로 연금이 다 없어지지만, 배고프게 두는 건 가여우니까 말이야."

"정말로 오늘은 멀쩡하네. 아이 씨랑 만나서 기운이 나는 걸까."

감탄한 듯 그렇게 중얼거리는 에하라에게 그런가요, 라며 맞장구를 치려던 그때, 아이가 방을 가로질러 툇마루로 향했다.

"여기서 정원으로 내려가도 되나요? 정원에도 고양이, 잔뜩 있네요."

"우리 아이들은 밖에서 노는 걸 좋아하니까. 잔뜩 있지."

여전히 사와무라의 의식은 또렷한지 평범하게 대화가 성립되고 있었다. 이것이 '아이 효과'라면 정말로 굉장하구나, 그렇게 감탄하던 나는 등 뒤에서 기세 좋게 다가오던 시마다와 부딪혀서, 휘청거리다가 그 자리에 엉덩방아를 찧었다.

"아얏."

"잠깐! 그거, 내 샌들이야!"

아이가 신으려고 하던 것이 아무래도 시마다의 개인 물건인 듯했다. 그렇다고 해서 그렇게나 험악하게 다가올 것까지야 없잖아, 아픈 엉덩이를 문지르며 일어선 내게 아이가 건넨 것은 위로의 말이 아니라 지시였다.

"타케노우치, 내 신발을 현관에서 가져다주지 않겠어?"

"우리는 바깥으로 돌지. 건물 바깥쪽에서 정원으로 나갈 수 있는 모양이니까."

카메라맨 스기시타가 음성 미시마에게 말하고 둘이서 현관으로 향했다. 그 뒤를 나도 뒤따르고, 아이와 내 신발을 들고 다시 방으로 돌아왔다.

　이미 시마다는 자기 물건이라는 샌들을 신고서 정원으로 내려가 있었다. 우뚝 버티고 서서 아이를 노려봤다.

　"샌들 정도는 빌려줘도 될 텐데. 곤란한 아이구나, 정말이지."

　그렇지, 라고 말하는 사와무라에게 붙임성 있는 미소로 답했지만, 도저히 어린애로는 보이지 않는 시마다를 '아이'라고 부르는 것은 혹시나 자기 딸과 착각하고 있는 게 아니냐는 가능성을 깨달았다.

　그렇다면 역시나 치매기가 있는 걸까. 그런 생각을 하던 내 손에서 아이가 미소와 함께 신발을 낚아챘다.

　"멍하니 있지 말라고 그랬지?"

　미소를 짓고는 있지만 눈은 웃지 않았다. 아무래도 이번에 나에 대한 아이의 태도가 필요 이상으로 엄하게 느껴지는데, 그렇게 목을 움츠리며 "죄송합니다"라고 사죄한 내게 아이는 한순간 의미심장한 미소를 지은 뒤, 신발을 들고 툇마루로 향했다.

　"넓은 정원이네요. 고양이도 그렇지만, 따님한테 딱 맞는

놀이터 아닌가요?"

톳마루에 앉아서 신발을 신으며 아이가 그렇게 말하고 사와무라를 돌아봤다.

과거형이 아니라 현재형을 사용했다는 것은, 아이 역시도 나와 마찬가지로 사와무라가 시마다를 '딸'이라 착각한다고 생각하는 듯했다.

"그렇지. 정말이지, 고양이랑 같이 정원에서 흙투성이가 되면서 놀더라니까. 그것도 밤중에. 커다란 구멍을 팠으니까 고양이가 떨어지면 위험하다며 화를 냈더니 바로 다시 메우기는 했는데, 정말로 대체 무슨 생각을 하는 걸까."

"사와무라 씨, 치매야. 영문 모를 소리, 하는 것뿐이니까!"

여기서 시마다 씨가 조금 전과 같이 날카로운 목소리를 내질렀으니까, 놀란 나머지 그만 그녀에게 주목하고 말았다.

"아니, 거기에 구멍, 판 흔적 있네요. 그것도 무척 크게."

말하면서 아이가 정원을 가로질러, 이웃집과의 경계가 되는 담장으로 향했다.

이미 스기시타는 카메라를 들고 있었다. 미시마도 마이크를 들고서 소리를 건지려 하고 있었다.

"고양이 화장실 모래를 묻은 거야. 냄새나니까! 스무 마리가 넘으면 화장실 모래 양도 장난이 아니야! 찍지 말라고.
정말!"

시마다가 더더욱 높이 소리를 내지르는 것을, 사와무라가
막았다.

"조용히 하렴, 레이코. 너는 화만 내는 게 문제라니까."

"…………."

시마다의 이름은 분명히 '미사코'이지 '레이코'가 아니다.
역시 친딸이라 믿는 듯했다. 그렇다면 정원에 구멍을 판 것도
그녀라는 의미겠지.

대체 무엇 때문에 구멍을 팠을까. 정말로 그녀의 말대로,
고양이 화장실 모래를 묻은 걸까. 아니면 아이의 예상대로,
무언가 다른 것을 묻으려고 팠을까.

무심코 그녀의 표정에 주목하고 만 내 귀에, 일부러 그러는
것 같은 아이의 놀란 목소리가 울렸다.

"어라? 뭔가 조금, 위화감 있네요. 흙이 무척 부풀어 있다고
나 할까…… 아, 뭔가 흙 속에 엿보이는군요. 조금 파볼까요."

그러는가 싶더니 아이가 나를 돌아봤기에, 말도 안 돼, 그
러면서 무심코 눈을 내리깔았다.

"부탁합니다."

하지만 아이는 가차 없이 내게 명령하고 찌릿, 노려봤다.

농담이 아니다. 아이의 예상이 옳았을 경우, 밑에 묻혀 있는 것은 시체다. 시체를 파내다니, 허들이 너무나도 높은데.

어떻게든 회피할 수 없을지 쩔쩔매던 참에, 보다 못한 스기시타가 이리로 오라며 손짓해 주었다.

"힘쓰는 일은 내가 할게. 교대해 줘."

"……감사합니다."

스기시타는 정말로 싹싹하다. 그도 아이한테 설명을 들어서, 그곳에 뭐가 묻혀 있다고 여겨지는지 알고 있을 텐데도 나를 대신해 주겠다니 너무나도 고맙다.

그만 감동하며 나는 스기시타 씨한테서 카메라를 받아 아이를 향해 들었다. 사실은 아이가 나한테 일종의 터무니없는 짓을 시키는 건 이것이 처음이 아니었다. 그럴 때 내가 오늘처럼 굳어버리면, 대신해 주겠다며 스기시타 씨가 말을 건네어주는 것이었다.

그동안의 카메라 조작은 내가 담당하게 된다. 몇 번인가 그러는 사이에 사용 방법을 익히고 말았다.

스무스하게 주고받는 우리를 보고 아이가 고개를 절레절레, 한숨을 내쉬었다. 정말로 너는 못 써먹겠다, 그러고 싶을 테지만 카메라를 향하자 조건반사인지 미소를 지었다.

"그럼 파보죠. 마침 저기 삽이 있네요."

아이가 카메라를 향해 그렇게 말했을 때는, 이미 스기시타는 근처 매화나무에 세워져 있던 삽을 들고 있었다.

"잠깐, 무슨 생각이야. 남의 집 정원을 판다니."

시마다가 떠들었지만 이곳은 그녀에게도 '남의 집'일 터. 아이가 그렇게 딴죽을 걸기도 전에, 본래 소유주인 사와무라가 입을 열었다.

"괜찮아, 파고 싶다니까 팔 수밖에 없잖니. 너도 잔뜩 팠잖아?"

"사와무라 씨."

다음 순간, 시마다가 흠칫 놀란 표정으로 사와무라를 봤다.

"설마 당신, 알고서……."

거기까지 말하고는 입을 다물어버린 시마다를 상대로, 사와무라는 고개를 홱 돌리고 있었다. 그동안에 스기시타가 지면이 살짝 봉긋한 부분에 삽을 찔러 넣었다.

"응?"

의아한 듯 스기시타가 고개를 갸웃거렸다. 아이가 눈으로 그를 찍으라며 신호를 줘서 황급히 카메라를 향하자, 스기시타는 일단 삽에 담긴 흙을 옆으로 흘린 뒤, 찍으라고 그러듯이 밑을 보고 말을 꺼냈다.

"뭔가, 딱딱한 게 삽 끝에 닿았는데."

"딱딱한 것? 뭘까요."

아이가 그야말로 일부러 그러는 것으로만 여겨지는 '의아해하는 목소리'를 내고, 카메라를 지면으로 향하라며 내게 신호를 보냈다.

시체를 파내는 역할도 힘겹지만, 그것을 카메라에 찍는 역할도 충분히 힘들구나. 그런 생각을 하며 내가 카메라를 지면으로 향한 것과, 시마다가 갑자기 뛰쳐나간 것은 동시였다.

"어?"

무의식중에 카메라로 그녀의 뒷모습을 쫓던 그 화면에, 기억에 있는 남자를 선두로 해서, 아무래도 건물 옆을 지나서 정원에 도달한 것으로 보이는 무리가 찍혔다.

"경찰이다! 시마다 미사코 씨죠? 일본 전국의 시설을 조사했지만, 시마다 사치 씨를 수용한 곳은 찾지 못했습니다. 그에 대해서 이야기를 좀 들을 수 있을까요?"

사이토가 시마다를 억센 눈빛으로 노려보며 엄한 말투로

그렇게 말한 뒤, 간신히 카메라를 깨달았는지 불쾌함 가득한 표정을 지었다.

"이봐, 찍지 마."

"그래, 타케노우치. 찍을 거면 이쪽이 나을 거야."

등 뒤에서 아이가 말을 건네어 돌아본 내 시야에 날아든 것은, 어느새 파냈는지 스기시타의 발밑 지면이 얕게 파내어져 있었는데, 그곳에는 명백하게 무언가가 들어 있다고 여겨지는 비닐 시트가 묻혀 있었다.

"몰라! 모른다고!"

소리치는 시마다를 형사들이 연행했다.

"대체 뭐가 파묻어 있을까요?"

리포트하는 아이에게 사이토가 엄격히 주의를 촉구했다.

"촬영은 종료다. 여기서부터는 경찰의 영역이다."

"이쯤에서 영상은 끊겠습니다. 사이토 경부보, 신속하게 움직여주셔서 감사합니다."

아이가 미소로 그렇게 말하고 사이토 앞에서 머리를 숙였다.

"바라던 바가 아냐."

그 말대로 진심으로 그런 감정을 드러내는 사이토는, 이미 벌레라도 씹은 것 같은 표정을 짓고 있었다.

"자, 철수하자."

그런 일은 개의치 않는다는 듯이 아이가 스기시타랑 내게 미소를 보낸 뒤, 일련의 일을 멍하니 바라보던 시의원 이마이와 투고자 에하라에게 참으로 미안하다는 표정을 지으며 머리를 숙였다.

"본래 취재에서 무척 동떨어진 내용이 되어버렸네요……. 하지만 두 분 덕분에 어둠에 묻힐 뻔한 범죄가 드러난 건 사실입니다. 협력해 주셔서 정말 감사합니다."

"……범죄라니…… 혹시, 거기에 묻혀 있는 건……."

먼저 깨달은 이마이가 새파랗게 질리며 확인했다.

"……어?"

그것을 듣고 간신히 이해했는지 에하라가, 다음 순간 비명을 질렀다.

"말도 안 돼―!! 시, 시체? 시체가 묻혀 있다고? 시마다 씨네 할머니가? 말도 안 돼―."

소리친 직후, 에하라가 눈을 까뒤집고 그 자리에 무너져 내렸다.

"괘, 괜찮으신가요, 에하라 씨."

황급히 돌보려 움직이는 이마이를 제쳐놓고 아이는 사와무라에게 다가가더니 그녀 앞에서 깊이 머리를 숙였다.

　"소란스럽게 만들어서, 정말 죄송합니다."

　"정말이야. 고양이들이 완전히 겁을 먹어버렸잖아. 얼른 돌아가 주시게나."

　얼굴을 찌푸리고 쉿쉿, 손을 내젓는 사와무라에게 아이는 또다시 깊이 머리를 숙이고 발길을 돌렸다.

　"……다행이야. 이걸로 성불할 수 있겠지."

　툭하니 그녀가 흘린 목소리는, 내게는 이렇게 들렸다. 아이에게도 당연히 들렸을 텐데, 그는 돌아보지 않고 그 자리를 떠났다.

　그녀는 치매 증상 같은 건 전혀 없는 게 아닐까. 전부 다 알고서 시마다에게 도움을 받고 있었던 게 아닐까. 그런 생각이 내 머릿속에 떠올랐다.

　범죄를 적발하려면 어떻게 해야 하는가. 자칫하면 자신도 목숨을 빼앗길지도 모른다. 그녀는 하루하루를 공포에 사로잡히며 지내진 않았을까——?

　그런 것을 확인하고 싶다, 아이는 그렇게 생각하진 않는 걸까. 굳이 그 부분은 넘어간 걸까.

의문을 느꼈기에 그 자리에 멈춰 선 내게, 아이가 딱딱한 목소리로 말했다.

"뭐 하고 있어, 타케노우치. 철수야."

"철수!"

스기시타가 큰소리를 내지르고 저벅저벅 정원을 가로질렀다.

"아, 예."

홀로 이 자리에 남겨져도 곤란하다. 그래서 나도 황급히 달려갔지만, 과연 이 촬영은 방송에 얼마나 쓸 수 있을지 의문을 품지 않을 수가 없었다.

5

"이번 주의 특집은 고양이 저택에 감추어진 무시무시한 범죄, 범인 체포의 순간을 전해 드렸습니다."

사와무라가에 시마다 부부가 어머니 시체를 파묻은 사건은, 그 주 금요일 23시 20분부터 시작한 '이브닝 스쿠프'의 메인이 되었다.

틀림없이 시청률도 좋겠지, 그렇게 생각하며 나는 침통한 표정으로 계속 말하는 아이의 모습을 화면 너머로 바라보고 있었다.

"시체가 묻혀 있던 집에서 홀로 지내시던 분은, 이번 사건을 계기로 따님과 연락을 취할 수 있게 되었다고 합니다. 또한 스무 마리가 넘는 고양이들은, 시의원으로 일하는 이마이 씨가 선두에 서서, 지역 주민 여러분이 함께 계속 보호한다고 합니다."

"처음으로 이야기를 들었을 때는 미담이라고 생각했습

니다만, 설마 시체를 숨기기 위해서 고양이를 돌보고 있었을 줄이야."

방송 어시스턴트인 대학교수, 머지않아 80세를 맞이하는 신도 카즈오미가 고개를 내저으며 한숨을 내쉬었다.

"범인의 집에는 정원이 없으니까 시체는 집 안에 숨길 수밖에 없었다. 자기 어머니의 시체와 한 지붕 아래에서 지내야만 한다는 사실에, 남편이 정신적으로 더는 견딜 수 없게 되었다. 그래서 옆집의 정원에 묻어야겠다고 떠올린 것이었습니다. 고양이가 스무 마리를 넘으니 나름대로 냄새도 나니까 얼버무릴 수 있겠다고 생각한 모양입니다. 하지만 이 세상에 밝혀지지 않는 범죄는 없습니다. 있어서는 안 되는 겁니다."

아이가 뜨거운 말투로 카메라를 향해서 말했다.

"앞으로도 저희는 이렇게 어둠에 묻힌 사건을 파내어, 그 죄를 백일하에 드러낼 수 있도록 최선을 다하겠습니다."

아이가 진지한 말투로 그렇게 말한 뒤, 이어지는 말을 입에 담았다.

"다음 주의 특집은, 이번 주에 전해드리지 못했던 고베 사건에 관한 내용입니다. 그럼 이번 주는 이쯤에서 마무리

믿는 자는 구원받는다

"저기, 지금 스쳐 지나간 거, 아야베 아냐?"

N텔레비전에서 이케다 프로듀서와 미팅을 가진 뒤에 아이와 나는 사무소 겸 자택으로 향했는데, 갑자기 아이가 걸음을 멈추고 그렇게 말하니까, 나 역시도 황급히 돌아보고 아이가 말하는 '아야베'의 뒷모습을 찾으려 했다.

"저 후줄근한 코트야. 뭔가 분위기가 이상했어. 쫓아가 줘, 타케노우치."

"알았어."

끄덕이고, 아이가 가리킨 방향을 향해 뛰어갔다. '자기가 가면 될 텐데'라고 생각하지 않은 것은, 아이가 눈에 띄는 행동을 취하면 소동이 벌어진다는 것을 알기 때문이었다.

'금요일 23시 20분의 남자' '사모님의 아이돌'로서 이름 높은 뉴스 캐스터인 아이는, 자신의 오라를 지우거나 풀어 놓는 것이 가능하다고 한다. 실제로 지금도 공갈 안경을 쓴

것뿐인데, 현재로서는 누구에게도 들키지 않았으니까 역시 대단하다고 할 수밖에 없다.

눈에 띌 필요가 없을 때는 최대한 오라를 지우고 인파에 섞여든다. 역에도 가까운, 이렇게 사람이 많이 다니는 곳에서 아이가 있다는 사실이 알려진다면 그야말로 패닉이 벌어질 수도 있다.

그것을 아는 만큼 나는 아이의 지시에 따라, 스쳐 지나가면서 그가 '아야베'라고 생각한 그 남자를 뒤쫓았다.

아이는 분명히 저 남자를 가리켰다. 하지만 내가 아는 아야베는 저렇게 구깃구깃한 코트를 입지 않고, 저렇게까지 등을 말고 다니지 않았다. 아이보다는 역시나 떨어진다고 해도 상당한 미남이라 눈에 띄는 타입이었다.

키도 크고 다리도 길다. 머리도 좋고 스포츠에도 능했다. 직장은 아마도 대기업 상사였다고 기억한다. 무슨 일에든 자신감으로 넘쳐서 살짝 싫다고 생각한 적도 있었다, 그런 생각을 하는 사이에 터벅터벅 힘없이 걷는 웅크린 뒷모습을 따라잡았다.

역시나 아닌 것 같았기에 따라잡고 어깨 너머로 흘끗 고개를 돌려 얼굴을 확인했다.

"앗."

무심코 목소리를 높이고 만 것은, 그야말로 아이의 말대로였으니까.

"어?"

내가 터뜨린 목소리에 그가――아야베가 숙이고 있던 고개를 들어 나를 봤다.

"타케노우치냐."

"아야베, 오랜만이야."

보통은 여기서 '잘 지냈어?' 같은 인사로 넘어갔을 테지만, 아야베는 어떻게 봐도 '잘 지낸 것' 같지는 않았다. 대학교 시절부터 항상 몸가짐에는 신경을 쓰던 그의 얼굴에는 덥수룩한 수염이 있고 머리카락은 버석버석해서, 이렇게 말하기는 그렇지만 노숙자로 볼 수도 있을 차림새였다.

"……어, 오랜만이네……."

아야베가 힘없이 그렇게 말하고 휙, 내게서 눈을 피했다. 그때 내 스마트폰이 진동했기에,

"어, 미안한데 잠깐만."

황급히 주머니에서 꺼냈다. 상대는 아이가 틀림없다고 생각했으니까.

온 것은 메시지로, 아야베를 사무실로 데려오라고 적혀
있었다.

"그럼."

내가 메시지를 읽는 동안에 아야베는 옆을 지나치듯 떠
나려고 했다.

"아, 잠깐만."

반사적으로 팔을 붙잡아서 멈춰 세운 나를 아야베가 의
아한 듯 돌아봤다.

"뭔데?"

"아이가, 할 이야기가 있대. 같이 가주지 않을래?"

"아이? 뉴스 캐스터인 그 아이?"

아야베의 목소리 톤이 높아졌다.

"그립네. 하지만, 어째서? 아이가 나랑 할 이야기가 있다는
걸 타케노우치가?"

영문을 모르겠다, 그러면서 고개를 갸웃거리는 그에게 설
명하려던 그때, 또다시 메시지가 왔다는 진동이 손에 든 스
마트폰에서 전해졌다.

'도움이 될 거라 생각한다, 라고 말해.'

보낸 사람은 말할 필요도 없이 아이였고, 그런 한 줄이 적

혀 있었다.

"사정은 나중에 설명하겠지만, 이거."

말보다 보여주는 것이 빠르겠다, 그런 생각에 화면을 보여주자 아야베는 더더욱 수상쩍다는 표정을 지었지만, 내가 거짓말을 하진 않는다는 건 믿어주는 듯했다.

"……뭐, 할 일도 없으니까, 갈게. 오랜만에 아이랑 만나고 싶으니까."

아야베는 그러더니 나와 나란히 걷기 시작했다. 이것저것 물어보고 싶은 것은 있지만 어떻게 이야기를 꺼내야 할지 망설이는 동안, 아야베 쪽에서 내게 질문을 던졌다.

"내 기억에 타케노우치는 M전기였던가. 어때? 일은."

"어, 거긴 작년에 그만두고, 지금은 아이의 개인 사무소에서 일하고 있어."

"그만뒀어? 어째서? 혹시 무슨 불상사라도?"

그 순간에 아야베의 목소리가 신이 났기에 나는 놀라서 눈을 동그랗게 뜨고 말았다.

"아, 미안해. 남의 불행을 바라는 건 아니야."

내 리액션을 보고 아야베는 정신을 차렸는지 머리를 긁적이며 사죄했다.

"딱히 뭐 어때. 남의 불행은 꿀맛이라고 그러잖아."

나로서는 사과받을 일은 아니다, 그런 의미로 가볍게 던진 농담이었는데 그 말을 들은 아야베는 하아, 깊이 한숨을 내쉬었다.

"……그렇겠지. 남의 불행은 재미있는 법이야."

"저기…… 아야베, 무슨 일 있었어?"

침울해하는 그에게, 살짝 직설적인가 생각하면서도 물었다.

"응…… 내 인생, 이젠 엉망진창이야."

또다시 깊은 한숨을 흘리며 아야베는 그렇게 말하고, 심상치 않게 침울한 분위기를 내비치는 그를 보고 나는 그 이상의 질문을 할 수가 없었다.

거의 대화도 없이, 우리는 아이의 사무실이 있는 시오도메의 아파트에 도착했다.

"굉장하네. 그야말로 성공한 사람의 성이란 느낌이야."

고층 아파트를 올려다보는 아야베는 지독하게 비꼬인 말투였다. 그야말로 그는 지금 '불행'한 상황에 있는 거겠지. 그냥 보기에도 그렇지만, 나는 그렇게 생각하며,

"이쪽이야."

오토록에 열쇠를 대서 자동문을 열고는 아야베 앞에 서서

걷기 시작했다.

아이의 방은 중간층에 있지만, 17층 버튼을 누르자 아야베는 "역시 셀럽은 지상에서 높은 곳에 사는구나"라며 또다시 비꼬인 말투로 그렇게 말했다.

내게 건넨 말이라기보다는 어쩐지 혼잣말 같으니까 맞장구는 치지 않았는데, 금세 그는 정신을 차린 듯,

"미안해."

라며 머리를 긁적였다.

"아이랑 만나면 이야기하겠지만, 사실은 나, 회사에서 잘렸거든."

"엇."

생각지 않은 타이밍에 튀어나온 고백에 놀라 목소리를 높인 것과 동시에, 엘리베이터는 17층에 도착해서 땡, 하는 소리와 함께 문이 열렸다.

"어, 어쨌든 이쪽이야."

그만 동요하면서도 나는 아야베를 아이의 방으로 데려가서, 아이에게 아야베가 왔다는 사실을 전하기 위해 인터폰을 울리며 잠금을 풀고 문을 열었다.

"여, 어서 와."

아이는 이미 현관에서 대기하고 있었다. 그렇다면 그냥 문을 열어주면 될 것을, 그렇게 생각하는 걸 알았는지 나를 찌릿 노려본 뒤, 뒤에 서 있던 아야베에게 만면의 미소를 지었다.

"아야베, 오랜만이야. 잘 지냈어?"

"그래, 오랜만이네. 네 활약은 항상 TV로 보고 있어. 금요일 23시 20분부터."

놀란 점은 아이가 아야베에게 '잘 지냈어?'라고 물은 것과, 아야베가 정확하게 아이의 방송 시작 시각을 알고 있다는 것이었다.

아이를 세간에서는 '금요일 23시 20분의 남자'라고 부른다는 기사는 여럿 읽은 적이 있었지만, 실제로 그런 말이 사용되는 장면과 맞닥뜨린 적은 거의 없었다. 정말로 그렇게 불린다며 감탄하던 나를 또 시시한 생각이나 하느냐고 그러듯이 찌릿 노려본 아이는,

"어쨌든 들어오도록 해."

그렇게 아야베를 데리고 거실로 향했다.

"커다란 텔레비전이네."

방에 온 적이 있는 사람은 거의 100퍼센트 같은 반응을 보이는데, 아야베 역시도 예외가 아니라서 우선 85인치 텔레

비전에 놀라 목소리를 높였다.

"뭐 좀 마실래? 아직 밖은 밝지만 맥주라든지?"

앉아, 라며 아이가 텔레비전 앞의 소파를 권유하고 미소와 함께 아야베에게 물었다.

"맥주라…… 좋네."

"배는? 고파?"

"그러네, 조금……."

아야베의 대답이 끝나기도 전에 아이가 내게 지시를 내렸다.

"그렇다고 해, 타케노우치."

"알았어."

'조금'이라고 했지만, 아야베는 공복으로 보였다. 야위어서 그렇게 보이는 것뿐일지도 모르겠지만, 일단은 맥주, 그리고 안주다.

곧 원고에 집중해야만 할 테니까 어제 미리 법랑 용기에 반찬을 몇 개 만들어둔 것이 바로 도움이 되었다.

양배추와 미역 유자 후추 샐러드, 문어와 쪽파 중화풍 마리네, 그리고 얌운센. 따듯한 것도 있는 게 나을 테니까 냉동 춘권을 해동하자. 먼저 맥주, 그리고 치즈라도 낼까.

생각했던 대로 우선은 맥주와 치즈를 옮기고, 하얀 법랑 그릇에 만들어둔 반찬을 각자 큰 접시에 담았다.

앞 접시와 함께 그것을 옮기자, 마침 아이가 아야베한테 퇴직 이유를 물어보는 참이었다.

"바라지 않게 그만둔 모양새구나."

"바라지 않았다고 할까…… 뭐, 자업자득이라고 할까. 나도 왜 그런 짓을 했는지 모르겠어."

이미 맥주 중간 크기 병을 하나 비웠다. 공복에 마셔서 그런지 이미 덥수룩하게 수염이 난 아야베의 얼굴은 새빨갰다.

"뭘 했는데?"

아이의 목소리는 참으로 귀에 편안하다. 완벽한 골격의 소유자는 미성의 소유자이기도 한 걸지도 모르겠다. 바리톤의 잘 울리는 목소리는 듣는 사람을 안도하게 만들어 입을 가볍게 하는 장점을 가진 것 같다. 아야베의 입도 가벼워졌는지, 그는 한숨과 함께 놀라운 이야기를 털어놓기 시작한 것이었다.

"횡령이야. 정말로 사소한……. 접대에서 쓴 가게 영수증의 숫자를 고쳐 썼다가 걸렸어."

"그 정도로? 아니, 칭찬받을 일은 아니겠지만, 해고를 당하다니……. 금액도 몇만 정도잖아?"

아이가 놀란 듯 눈을 크게 떴다. 그의 말대로 확실히 해서는 안 될 일이기는 하지만 바로 잘린다니 엄격하네, 그렇게 생각했던 나는 아야베의 대답에 깜짝 놀랐다.

"횟수가 말이지…… 서른 번 이상 저질렀다는 게 해고의 결정적인 이유가 됐다고 상사한테 들었어. 금액은 백만도 채 안 되었는데……."

"…………."

백만 엔이라니 충분히 고액이라고 생각하지만, 아야베에게는 아닌가 보다.

아이의 '그 정도로'라는 말에 넘어간 것일지도 모르겠지만 본인은 그다지 반성하지 않는 모양이라며 아이를 흘끗 봤더니, 아이는 나한테만 보일 정도로 고개를 끄덕인 뒤, 어째서 그런 일이 벌어졌느냐고 아야베한테 이야기를 듣고자 질문을 재개했다.

"상사라면 급료도 괜찮게 받았을 텐데, 왜 그런 짓을?"

"……그게 말이야……."

아야베가 어깨를 풀썩 떨어뜨리고 한숨을 내쉬었다.

"뭐, 마시자."

그런 그가 든 잔에 아이가 맥주를 따랐다.

"이미 저금도 바닥나서. 기사회생을 노리고 싶어서 그만, 편하게 몇만 엔 벌려고 손을 대버렸어."

맥주를 마시며 아야베가 작게 이야기했다.

"도박이야?"

저금도 다 써버릴 정도의 일이라면, 아이도 내 생각과 같은 예상을 했나 보다. 그가 묻자 아야베는 고개를 가로젓더니 놀라운 대답이 돌아온 것이었다.

"아니…… 점을 쳤어."

"어."

점? 무심코 큰소리를 터뜨리고 만 내 쪽으로 아야베의 시선이 움직였다.

"바보냐고 생각하겠지? 정말로 바보였어."

"바보라고 생각하진 않아. 점은 여성이 빠지는 일이란 편견도 물론 없어."

아이가 조용히 있으라는 듯이 나를 눈으로 견제하며, 다정한 말투로 아야베에게 말을 건넸다.

"복채가 비쌌다는 거야?"

"한 번에 오만…… 지금 와서 생각하면 비싸네."

오만이라는 말에 또다시 목소리를 높일 뻔했지만, 그것을 예상한 아이가 노려봐서 아슬아슬한 참에 참았다.

그러나 아까부터 아야베는 '지금 와서 생각하면'이라고만 하네, 그런 생각을 하며, 맥주를 비우는 그를 봤다.

"무슨 점을 쳤어?"

"어떤 트레이더한테 돈을 얼마나 맡기면 될까⋯⋯라든지."

"점을 쳐보면 알 수 있어?"

아이의 물음에 아야베는 또다시 예의 말을 입에 담았다.

"지금 와서 생각하면, 부자연스럽네⋯⋯."

응, 하고 끄덕이는 그를 위해 요리를 앞 접시에 덜어주자 아이가 눈으로 재촉했다. 알았어, 라며 몇 가지 접시에 담고 앞에 놔주자,

"이거, 맛있네."

공복을 떠올렸는지 그는 간신히 요리에 손을 대고 툭하니 그렇게 중얼거렸다.

"큰 수고가 드는 건 아니지만."

아니, 그거 만든 건 난데. 그렇게 말하고 싶어질 법한 대답을 아이가 하고, 또다시 질문을 재개했다.

"애당초 왜 점술사한테 트레이더 감정을 부탁하게 됐어?"

"사귀던 여친이, 잘 맞는 점술사가 있으니까 같이 가고 싶

대서 마주한 게 처음……이었을까."

그리고 아이가 이끄는 대로 아야베가 이야기한 내용은 다음과 같았다.

같은 회사에서 일하던 애인과 슬슬 결혼을, 그런 분위기가 되었는데 그런 애인이 점을 쳐보자고 권유했다. 듣자 하니 '굉장히 잘 맞는다'라는 평판인 점술사로, 항상 3개월 후까지 예약이 가득해서 애인은 그 3개월 전에 예약했다는 것이었다.

그곳에서 아야베와 애인은 놀라운 체험을 하게 된다. 이제까지의 인생 전부를, 그 점술사는 맞혔다는 것이었다.

두 사람이 언제부터 사귀기 시작하고 어떤 인연이 되었다, 그에 대해서는 애인이 점술 예약을 할 때 앙케트로 적었다는 내용이었다. 그 밖에 그 앙케트에 적은 것은 생년월일과 이름, 그리고 살고 있는 도도부현뿐이었다는데, 점술사는 아야베에 대해서 성격의 장단점부터 현재 업무의 고민까지 모두 맞혔다고 한다.

결국 두 사람의 결혼 시기에 와서, 점술사가 이르기를 '가까운 시일은 아니다'라는, 애인에게는 바라지 않는 내용이 나왔고, 점술사를 떠날 때는 무척 기분이 나빠져 버렸다.

보기에 아야베를 걱정해서 한 것이었다.

내게는 방송 따위는 전혀 생각하지 않았던 것처럼 비쳤는데, 그렇게 말하려고 했지만 또다시 아이가 무서운 눈빛으로 내 말을 막았다.

"괜찮아. 방송에 써도. 이미 자포자기야. 실패 사례로 방영해도 돼."

아야베는 그 말대로, 정말로 '자포자기'한 모양이었다.

"목소리랑 얼굴을 변조한다면, 나도 출연해도 돼. 부모님한테는 그거, 봐달라고 할게. 굳이 말 안 해도 우리 어머니, 네 팬이었으니까 보지 않을까."

"방영하는 때는 '실패 사례'가 아니라 '사기꾼 체포의 순간'이 될 거야. 어쨌든 미야모토라는 점술사의 연락처를 가르쳐 줘. 조사해볼 테니까."

"가르쳐줄게. 가르쳐 주겠지만, 사기는 아니라고 생각해."

내가 바보였을 뿐, 중얼중얼 그렇게 말하면서도 아야베는 스마트폰을 꺼내어, 연락처 항목을 열어서 아이에게 보여줬다.

"미야모토 미키오(未來男). 사무소는 아사부에 있나? 이거, 본명이야?"

아이의 물음에 아야베는 "글쎄"라며 고개를 갸웃거렸다.

"예명일지도. 점술사한테 '미래의 남자'라니 너무 딱 들어 맞는 것 같으니까."

쿡쿡 웃는 그에게, 아이가 담담하게 다음 의뢰를 했다.

"문제없다면, 미야모토를 소개한 애인 연락처도 가르쳐줘. 그 사람이 어디서 미야모토를 소개받았는지 알고 싶거든."

"……그건 괜찮지만, 이미 진즉에 우린 헤어졌는데."

분명히 회사 선배한테 소개를 받았다고 했어, 그러면서 아 야베는 헤어진 애인의 연락처를 간단히 가르쳐주었다. 취한 탓일지도 모른다.

"맡겨줘. 그렇지, 아야베 연락처도 가르쳐줘. 결과를 보고 할 테니까."

"내 전화번호는 이건데, 언제까지 버틸지 모르겠네. 전화 요금, 비싸니까……."

아야베의 목소리에서 점점 힘이 사라졌다.

"지금 사는 아파트도, 이사할 곳이 정해지면 바로 나갈 생 각이야. 본가로 돌아갈 수밖에 없다고는 해도, 부모님을 대 할 낯이 없어……."

"부모님도 이해해 주실 거야. 모쪼록 자포자기하지 마."

아이가 다정하게 미소 짓고 아야베의 어깨를 두드렸다.

그리고 아야베와는 한동안 대화를 나누었지만, 내용은 처음부터 끝까지 점술사 이야기였다.

"아, 시간이 이렇게 됐네. 그럼."

아야베는 무척 취했지만 퇴근길 러시아워에 걸리고 싶지 않다며 서둘러 우리 아파트를 나갔다. 회사 사람과 얼굴을 마주치기라도 한다면 거북하다, 그런 생각이었을지도 모르겠다.

어쩐지 말이지——무심코 한숨을 흘린 내게 아이가 시원스럽게 지시를 내렸다.

"내일, 바로 미야모토한테 연락해서 예약을 잡을게. 타케노우치도 동행해줘. 다다음 주 특집은 이거로 하자. 잘 맞는다는 평판인 유명 점술사는 사실 사기꾼이라는……."

"아니, 잠깐만. 정말로 사기라고 생각해? 근거는?"

지나친 단정이 아닐까, 놀라서 내가 되묻자 아이가 건넨 말은 '해답'이 아니었다.

"그리고 내 스마트폰에 등록되어 있는 사이토 경부보의 번호로, 네 스마트폰으로 연락을 넣어줘. 시급하게 조사를 부탁하고 싶은 게 있다고. 내가 보내면 안 받으니까."

"사이토 경부보한테? 내가? 뭘?"

경찰까지 끌어들일 생각인가, 그렇게 당황하는 나한테 아이가 여전히 담담하게 지시를 내렸다.

"미야모토 미키오라는 남자에 대해서야. 물론 우리도 조사할 거야. 하지만 체포 이력이 있는지 조사하는 건 아무래도 힘드니까."

"어? 체포 이력?"

"됐으니까, 전화."

아이는 내게 놀랄 시간도 주지 않고 바로 행동에 옮기라며 재촉했다.

"……알았어, 할게."

전화한 다음, 왜 '사기'라고 단정하는지 제대로 물어볼 테니까. 눈으로 그렇게 호소하며 스마트폰을 꺼내는 내 앞에서는, 아이가 '그걸로 됐어'라고 그러듯이 웃음을 건네어 그것으로 내 화를 돋우었던 것이다.

"그건 그렇고 놀랐어. 3개월은 기다린다고 그랬는데 일주일 뒤에 예약을 잡을 수 있었다니."

아이가 운전해서 아사부로 향하는 차 안, 내가 그렇게 말하자 아이는 흥, 하고 바보 취급하듯 코웃음 쳤다.

"아이 유이치로의 예약이야. 거절할 리가 없잖아."

"······굉장한 자신감이네."

천하의 아이가 직접 예약을 한 것이다, 그런 말이라도 하고 싶은 걸까. 뭐, 확실히 '천하의 아이'이긴 하지만, 어이없어 하면서도 그렇게 납득하던 내게 또다시 잔뜩 바보 취급하는 아이의 목소리가 날아들었다.

"어차피 내가 우쭐댄다는 착각을 하고 있겠지만, 대답은 노야. 내 프로필이나 캐스터가 된 계기 따위의 정보는 그야 말로 넘쳐나니까. 간단히 검색할 수 있으니까 3개월 같은 시간은 필요 없었던 거야."

"······어······?"

그렇다면? 고개를 갸웃거리는 내 옆에서 아이는 고개를 절레절레, 한숨을 내쉬더니 이해력이 부족한 날 위해서 친절하고 정중하게 설명해주는 것이었다.

"인기가 있으니까 3개월 뒤에나 예약을 잡을 수 있다, 그렇지 않다는 건 아야베가 그 후로 빈번하게 점을 쳤으니까 바로 알 수 있잖아? 요컨대 예약한 사람을 3개월 동안에 조사한 거야. 과거부터 현재까지, 취미부터 이제까지 사귄 여성,

부모님이나 친척까지 모든 걸. 미야모토의 전직을 생각하면 참으로 간단했을 거라 추측할 수 있어."

"……그렇구나……."

그렇기에 과거의 일을 전부 '맞힌' 것인가. 그렇게 나를 납득하도록 만든 미야모토의 '전직'은, 조사회사의 계약직 사원이었다.

점술사로서의 미야모토는 인터넷으로 검색해도 거의 나오지 않는다. 그럼에도 그가 '잘 맞는다는 평판'을 얻은 것은, 실제로 점을 친 사람이 '맞았다'라고 체감했기 때문이었다.

언론에 노출되지 않는 것은 지금 이상으로 점을 칠 수 없으니까. 지금도 3개월을 기다려야 한다는 상황이 그의 말을 뒷받침하는 '착각'을 주지만, 실제로는 노린 상대만을 타깃으로 돈을 가로채는 것이 목적이니까 유명해질 필요는 없다──그 정도가 아니라, 이름이 팔린다면 도리어 불리해진다.

아이의 논리정연한 설명을 듣고 간신히 '점'의 속임수가 보였다. 아마도 아야베는 그 '타깃'이 되었던 것이다.

아야베의 전 여친에게 아이와 함께 이야기를 들으러 갔을 때의 일이 머릿속을 스쳤다.

'확실히. 아이 씨의 말대로, 우리 두 사람에 대해서 이것

저것 조사했을지도.'

전 남친인 아야베의 이름을 꺼냈을 당시에 칸다라는 그녀는 이야기하는 것을 거북해했지만, 아이의 설득에 떠오른 것을 모두 이야기해 주었다.

'그때는, 굉장해! 맞잖아! 라고 잔뜩 들떠버렸지만, 지금 지적을 받고 나니까, 그때 맞았던 건 전부 조사하면 알 수 있는 것뿐이었어요. 미래의 일은 하나도 안 맞았어. 나랑 아야베, 결혼해서 해외에 산다고 그랬으니까.'

틀려도 적당히 틀려야지, 그렇게 말하는 그녀에게 미야모토를 소개한 인물에 대해서 물었더니 요리 교실에서 알게 된 삼십 대의 하기노라는 여성이라고 했지만, 요리 교실을 그만둔 뒤로는 연락하지 않았다고 한다.

부탁해서 그 자리에서 전화를 걸어봤지만 '현재 사용되지 않는다'라는 안내가 나왔다. 메일 주소도 변경한 상태라, 칸다는 '어떻게 된 거야?'라며 여우에 씐 것 같은 표정을 지었다.

그 후로 요리 교실에서 '하기노'라는 이름의 여성에 대해 물지만, 제출된 신청서의 주소는 엉터리임을 알 수 있었다.

칸다의 이야기에 따르면, 자신을 하기노라고 한 여성은 그밖에도 몇 명, 점술사를 소개했다고 한다. 이름을 듣고 각각

연락했지만 실제로 예약을 한 것은 두 명이고, 그중에 하나
는 개인 예약 제안이 있었다고 한다.

'처음 가서 물어보고 싶은 건 전부 물어봤으니까, 거절했어.'

그녀가 물어보고 싶었던 것은 연애 관계에 대해서지 돈을
버는 것에는 흥미가 없었다. 참고삼아서 대략적인 저금 액수
를 물어봤더니 육백만이라고 했다.

점을 치는 도중에 저금 액수에 대해서 미야모토가 물어
봤는지 확인했더니 처음에는 '그런 이야기는 없었다'라고 했
지만, 대화를 나누는 사이에 '그러고 보니'라며 어떤 사실을
떠올렸다.

'결혼식 비용은 이미 차고 넘칠 정도로 모았으니까 빨리
결혼하고 싶다. 그런 이야기는 했을지도.'

왜 트레이더를 소개하겠다고 제안했을지 계속 의아하게
여겼는데, 일이 그렇게 돌아갔구나. 그렇게 납득하던 그녀의
얼굴을 떠올리던 나는, 아이의 목소리에 퍼뜩 정신을 차렸다.

"슬슬 도착해. 스기시타 씨 쪽은 대기 중인지 확인해줄래?"

"어, 응. 알았어."

스마트폰을 꺼내어 스기시타의 번호를 열었다.

'건물 앞에서 대기 중입니다.'

캐스터 탐정

내가 무언가 말하기도 전에 스기시타는 그렇게 이야기해서, 나 따위보다 훨씬 더 아이의 마음을 읽고 있다며 감탄하게 만들었다.

"촬영 허가가 나오면 연락할게. 언제라도 촬영할 수 있도록 준비해줘."

아이의 말을 전하자 스기시타는 '알았다'라며 짧게 대답하고, 통화는 그것으로 끝났다.

"허가, 나올까."

혹시 아이가 말한 것처럼 미야모토가 사기를 치고 있다면, 텔레비전에 얼굴을 알리는 것은 거절하겠지.

하지만 아이는 무척 자신감이 있는 모양이라,

"나와."

그렇게 단언하더니 앞 유리 너머를 바라봤다.

다부진 눈빛으로, 어떻게든 미야모토의 가면을 벗겨주겠다, 그런 의사를 드러내고 있었다. 하지만 어떤 방법을 사용하려는 것일까, 그런 생각과 함께 나는 수중의 앙케트로 시선을 향했다.

그것은 미야모토가 점을 치기 전에 제출해달라며 아이 앞으로 보낸 것으로, 아이는 이미 답변을 적어서 먼저 보냈다.

이름, 생년월일, 혈액형, 그리고 상담하고 싶은 내용에 대해서, 그런 항목이 있었다.

처음에 아이의 '상담하고 싶은 내용'을 읽었을 때는 그만 웃음을 터뜨리고 말았다. 왜냐하면 그곳에는 '결혼 상대와 시기에 대해서'라고 적혀 있었으니까.

하필이면 그거냐, 그렇게 웃었지만, 사실은 진짜인가 싶어서 아이를 흘끗 봤다.

"왜?"

시선을 깨달은 아이의 물음에, 화를 내려나 생각하며 물어봤다.

"결혼 희망, 사실은 정말로 있다든지?"

"그야 있지."

아이가 간단히 긍정하는 말을 듣고 무심코 "있어?"라며 놀라버렸다.

"언젠가는, 말이야. 지금은 딱히 생각이 없어. 타케노우치도 그렇잖아?"

"뭐…… 그런가."

지금 사귀는 애인도 없는 이상, 우선순위는 일이 먼저다. 소설가로서 제 역할을 하고 싶다는 마음이 강해서 도저히 결혼 생각은 없었다.

그렇지만 평생 독신으로 살 생각도 없으니까, 아이와 마찬가지로 '언젠가는' 하고 싶겠다며 수긍했다.

"하지만 '상대'라니?"

다시금 생각하니 너무나도 의미심장했다. 그렇게 묻는 내게 아이는,

"이제 와서 말이냐고."

그렇게 어이없다는 모습을 드러낸 뒤, 깜짝 윙크를 했다.

"함정을 걸었어. 이제는 미야모토가 달려드는 걸 기다릴 뿐이야."

"함정? 어떤 함정이야?"

못 들었다. 놀라는 내게 아이는,

"곧 알 수 있어."

그렇게만 말할 뿐, 결국 가르쳐주지는 않았다.

그러는 사이, 우리는 미야모토가 점을 친다는 사무소에 도착했다. 사무소라고 해도 오피스 건물은 아니고 아파트의 한 집이었다.

"자. 가면을 벗기러 갈까."

아이는 혼잣말처럼 그렇게 중얼거리더니 씩씩하게 차에서

내렸다. 나도 서둘러 따라 내렸다.

오토록의 인터폰을 누르자 미야모토가 바로 나왔다.

"아이 씨군요. 기다리고 있었습니다. 들어오시죠."

스피커 너머이지만 바리톤의 미성임은 알 수 있었다. 뭐, 아이보다는 못하겠지만, 그런 영문 모를 대항심을 품은 것은 나뿐이었는지 아이는 붙임성 있게,

"실례합니다."

라며 카메라에 미소를 보내고, 열린 자동문으로 향했다.

방 번호는 701호실로, 7층 가장 안쪽으로 향했다. 주거용이라기보다 사무소로 사용되는 곳이 많은 걸까, 그런 사실을 알 수 있는 문패를 차례차례 바라보며 간신히 미야모토의 방에 도착했다.

초인종을 누르자 작게 문이 열리고 젊은 여성 하나가 얼굴을 내밀었다.

"아이 님이시군요. 들어오세요."

대부분의 젊은——젊지 않더라도, 그렇지만——여성은 아이의 얼굴을 보고 멍해진다. 하지만 그녀는 눈을 내리깐 채, 아이에게는 전혀 흥미가 없는 태도인 것이 인상에 남았다.

희고 작은 얼굴을 가진, 무척 예쁜 아이였다. 옅은 화장이

품위가 있고, 앞머리를 짙게 내린 스트레이트 헤어스타일도 잘 어울렸다.

그녀는 아이에게는 시선도 주지 않았지만, 아이 다음에 내가 안으로 들어가려고 하자 움직임을 뚝 멈추고 시선을 들어 나를 봤다.

두근, 심장이 크게 뛰었지만, 그녀가 시선을 향한 이유는 아이보다 내가 취향이어서——가 아니었다. 아쉽게도.

"저기, 오늘은 점을 보시는 거죠? 이분은?"

의아한 듯 미간을 찌푸리고 나를 바라보며 아이에게 물었다.

"아, 제 조수예요. 신경 쓰지 마시길."

"······예에······."

달갑지 않은 모양이었지만 거절할 수도 없었는지, 젊은 여성은 "그럼 들어오세요"라며 복도를 나아가서 안쪽에 있는 방문을 노크했다.

"오셨습니다."

안에 말을 건네고, 들어가세요, 라며 문을 열었다.

"실례합니다."

"실례합니다."

아이에 이어서 나도 말을 건네고 안으로 들어섰는데, 문

너머에 펼쳐져 있던 의외의 광경에 숨을 삼켰다.

점, 게다가 가짜 같다면 자못 그럴듯한 느낌의 오컬트틱한 실내를 상상했는데, 막상 그 안은 하얀색을 바탕으로 한 밝고 심플한 인상의 방이었다.

"안녕하세요. 미야모토입니다."

하얀 의자가 둘, 유리 테이블을 사이에 두고서 놓여 있었다. 이미 방 안쪽에 놓여 있는 의자에는 남자 하나가——미야모토라 자칭한 남자가 앉아서 우리에게 미소를 보내고 있었다.

상쾌. 이지적. 그리고 미남.

가장 첫인상은 그런 느낌이었다. 상쾌한 것은, 웃는 입가에서 엿보이는 새하얀 치아에서 받은 인상. 이지적인 무테 안경에서 연상되는 것이 아닐까 생각했다.

직장인으로는 보이지 않는다. 하지만 점술사로도 보이지 않았다. 의사, 혹은 카운셀러라고 한다면 납득할 수 있을 느낌이었다.

"별일이군요. 조수분도 동석하시다니."

복도에서 나눈 대화가 들렸는지, 미야모토는 나를 흘끗 보고는 아이에게 미소 그대로 말을 건넸다.

"사실은 그만이 아니라 이 자리에 촬영팀도 들이고 싶습니다만, 허가해주실 수 없을까요."

"촬영팀이라고요?"

미야모토가 놀란 듯 눈을 크게 떴다.

"예. 제가 점을 치는 모습을 방송에 내보내고 싶거든요. 어려울까요."

아이가 미야모토를 향해 한 걸음 내디디고 열성적인 말투로 물었다.

"카메라는 좀…… 곤란하네요."

미야모토는 곤혹스러운 모양이었다. 아무래도 거절할 것 같은 그를 상대로 아이의 설득은 이어졌다.

"안 그래도 예약이 어려우니까, 광고가 필요가 없다는 건 물론 알고 있어요. 그러니까 얼굴도 이름도 공개하지 않으시겠다면 당연히 그렇게 할게요. 저는 그저 점이라는 건 맞을 수도 안 맞을 수도 있다고 그러지만, 확실하게 인생의 지표가 될 수 있다는 걸 시청자 여러분께 전달하고 싶거든요. 남들에게는 말할 수 없는 고민을 품고 있는 분은 아마도 많이 계시겠죠. 그런 분들을 구하고 싶다. 어떨까요. 조건은 모두 받아들일게요. 허가, 해주실 수 없을까요."

아이의 설득은 참으로 힘차고, 미야모토는 이제 말을 잃었다.

"부탁할게요, 미야모토 씨."

한 번 더 밀어붙이기. 곧 함락되겠는데, 그런 내 예상은 무사히 적중했다.

"알겠습니다. 그렇게까지 말씀하신다면, 제 이름과 얼굴은 내보내지 않는 방향으로, 그리고 교환 조건이라고 하기는 그렇지만, 당신의 점을 봤다는 걸 제 고객에게 이야기해도 된다는 허가를 받고 싶습니다."

"물론이에요. 광고에 필요하다면 같이 사진이라도 찍죠."

제가 도움이 될 수 있다면. 아이가 싱긋 미소 짓고 끄덕인 것으로, 이야기는 성립되었다.

"타케노우치."

아이의 지시에 나는 서둘러 스마트폰을 주머니에서 꺼내어 스기시타에게 전화했다.

"알겠다."

내가 무어라 말하기도 전에 스기시타가 그렇게 말하고 전화를 끊었다. 그 직후에 인터폰이 울려서, 그야말로 스탠바이 오케이였다며 감탄하고 말았다.

"수완이 좋군요."

미야모토가 놀란 모습을 드러냈지만 아이는 그저 미소 지을 뿐, 딱히 코멘트를 달지는 않았다.

곧바로 카메라와 음성, 그리고 조명이 세팅되었다.

"얼굴은 나중에 모자이크 처리를 할 테고, 음성도 문제가 있다면 변조할게요. 그렇다고 해도 아깝네요. 이렇게나 미남이신데."

음성 담당인 미시마가 미야모토에게 그렇게 말하고 어깨를 으쓱였다. 오늘 그녀는 어째선지 예쁘게 화장을 하고 있었다. 모델이나 여배우로 볼 정도의 미녀가 '미남'이라고 그러자 미야모토는 "아닙니다"라고 수줍어하면서도 기뻐 보였다.

미시마는 남자에게 일체 흥미가 없지만, 무기로 쓸 수 있는 경우에는 얼마든지 '여자'라는 것의 이용 가치를 발휘한다.

역시 대단하구나, 내가 감탄하는 동안에 촬영 준비는 갖추어지고, 카메라 테스트 후에 바로 촬영이 시작되었다.

"그런데 아이 씨, 괜찮겠습니까? 점괘 내용은 결혼에 대해서, 인데요."

카메라가 돌아가는 것에 긴장했는지 미야모토는 조금 들뜬 목소리로 그렇게 말하더니 아이의 눈을 빤히 바라봤다.

"예. 마침 좋은 기회일까, 해서요."

쓴웃음 짓는 아이에게 미야모토는 "그렇군요, 그런 일이었습니까"라며 미소 짓고 입을 열었다.

"아이 유이치로 씨. 점괘 내용은, 결혼 상대에 대해서, 였죠."

"예. 서른도 넘었으니까 슬슬 결혼을 생각할까, 해서."

"구체적으로, 결혼하고 싶은 분은 있습니까?"

"아뇨, 딱히……."

고개를 갸웃거리는 아이에게 미야모토가 다그치듯이 질문을 던졌다.

"과거, 신경이 쓰였던 여성이 있다든지?"

"……뭐, 있네요. 하지만 옛날 일이었고, 상대도 같은 심정이었는지는 모르니까요."

아이가 고개를 숙이고 툭하니 말했다.

"???"

누구지?

'옛날'이라는 뉘앙스에서 학창 시절은 아닐까, 추측했다. 내가 아는 한, 아이는 고등학생 때도 대학생 때도 특정한 여성과 사귀지 않았다——고 생각한다. 아마도.

이른바 모두의 인기인, 그런 포지션이 연애 성취를 방해했다는 걸 테지만, 그것이 '누구와'가 된다면 전혀 짐작이 가지 않았다.

학급 위원이던 시라이시? 고2 때, 잠깐 소문이 돌았다.

대학생 시절이라면 인기인인 아이 주위에 있던 여성은 너무 많아서 잘 모르겠는데, 홀로 의아해하던 나는, 미야모토가 미소 지으며 건넨 말에 퍼뜩 정신을 차렸다.

"손을."

아이를 향해 왼손을 내밀었다. 아이가 그 손에 오른손을 겹치자 미야모토는 그 위에 다시 자신의 오른손을 겹치고 눈을 감았다.

"……눈을 감고, 그 사람의 얼굴을 생각해 주십시오."

미야모토의 말에 아이도 눈을 감고 미간에 주름을 지었다. 대체 누구를 생각하는 걸까, 무심코 그의 얼굴을 응시하고만 내 앞에서 미야모토가 혼자 눈을 떴다.

"……음악과 관련된 추억이 있습니까? 음악실 피아노가 보입니다."

"……예?"

아이가 눈을 뜨고 깜짝 놀란 표정을 지었다.

음악실 피아노? 고등학생 때인가? 나와 아이는 미술이 아니라 음악 전공이었지만, 음악실 피아노와 관련된 추억은 없다. 적어도 나는.

하지만 아이는 짚이는 바가 있는 모양이었다. 어떤? 누구랑? 흥미진진하다며 본래의 목적을 잊고, 어느샌가 나는 앞으로 몸을 내밀고 있었다.

"피아노 앞에서 키스…… 그녀에게는 당시에, 사귀는 사람이 있었다. 석양 가운데, 분위기에 넘어가서 키스하고 말았다. 서로, 없었던 일로 하기로 했다. 하지만 잊을 수 없었다. 키스 후, 그녀가 수줍은 마음을 감추려고 피아노를 쳤다. 곡은 비틀즈……로군요. 예스터데이……일까요."

"……어떻게…… 어떻게 그런 것까지……."

아이가 경악을 감출 여유도 없이 미야모토에게 물었다.

그는 눈을 크게 뜨고서, 미야모토의 말이 사실임을 이야기하고 있었다.

예스터데이…… 왜 그 선곡? 그 이전에, 예의 '그녀'는 누구지.

피아노를 칠 줄 아는 아이는 꽤 있었다. 어느 아이든 아이를 동경했을 테니까, 분위기에 넘어가서 키스, 그런 일은 있을 법하다고 생각한다.

하지만 아이가 과연 분위기에 넘어간다든지 그럴까——?

뭐, 저렇게 놀란 모습을 보면 '넘어갔을' 테지, 어떤 의미로 감탄하던 내 위에서 미야모토의 자신에 찬 목소리가 울렸다.

"무척 실례입니다만, 당신의 과거 기억에 액세스했습니다. 새콤달콤한, 사랑의 기억에."

"그건 부끄럽네요."

아이가 쓴웃음 짓고 어깨를 으쓱였다.

"그 상대 말입니다만."

여기서 미야모토는 갑자기 진지한 표정을 짓고, 등줄기를 쫙 편 상태에서 이야기를 시작했다.

"머리카락이 긴…… 하얀 피부에, 귀엽다, 기보다 예쁜 분위기의 여자로군요. 졸업식 날에, 자신이 받은 꽃다발 안에서 장미꽃을 한 송이, 당신에게 주었죠. 그것이 그녀가 애써 한 고백이었습니다."

"…………그렇네……."

아이가 먼 곳을 보는 눈빛으로 툭하니 중얼거렸다.

졸업식 날에 장미? 역시 인기 있는 남자는 다르다. 확실히 아이는 후배에게도, 그리고 물론 동급생이나, 게다가 다른 학교의 학생에게도 잔뜩 꽃을 받은 기억이 내게도 되살아났다.

장미꽃을 한 송이, 아이에게 준 동급생 여자아이. 검은색

긴 머리. 하얀 피부에 미인.

사토 카스미인가? 요코야마 유키나인가? 확실히 요코야마는 음대에 진학했다. 그녀일까, 그렇게 생각하던 내 앞에서 아이가 미야모토에게 질문을 던졌다.

"그녀의 현재에 대해서도, '볼' 수는 있을까요?"

"……시간을 조금 주신다면."

미야모토가 대답하고 또다시 눈을 감았다. 그러고는 1분 정도, 침묵의 시간이 지나갔다. 미야모토도 아이도, 아무 말도 하지 않았다. 틀림없이 이 부분은 편집하거나 빨리감기 하겠구나, 나는 둘이서 얼굴을 마주 보고 있는 카메라맨 스기시타와 음성 미시마를 보고 그렇게 생각했다.

"……그녀는 지금……."

간신히 미야모토가 입을 열었다.

"지금?"

몸을 내미는 아이를 상대로, 미야모토는 눈을 뜨고 싱긋 미소를 지었다.

"프리입니다. 연락을 취하는 건 간단하겠죠. 아마도 연락처는 바뀌지 않았을 겁니다."

"그런가요."

캐스터 탐정

아이의 목소리가 신이 났다. 밝은 그의 표정이 지금 크게 찍히고 있겠지, 그런 생각으로 스기시타를 봤더니 어째선지 그와 눈이 마주쳤다.

"…………."

동작으로, 아무래도 촬영을 교대해달라는 요청임을 깨닫고 당혹스럽게 느꼈다.

어째서 지금, 교대하는 걸까. 모르겠지만 '빨리'라고 말없이 입을 움직여서, 의문을 느낄 때가 아니라며 서둘러 그의 곁으로 향했다.

내가 카메라를 넘겨받자 미야모토는 조금 신경 쓰는 기색을 내비쳤다. 하지만 금세 미소를 짓더니 계속 말했다.

"결혼에 방해는 없습니다. 전부, 아이 씨의 행동에 달려 있지 않을까요."

"제 행동에……."

모니터 너머로 보는 아이는 미야모토의 말을 완전히 믿는 것처럼 보였다. 어라? 잠깐만. 애당초 오늘, 아이는 미야모토의 가면을 벗기러 온 거 아니었나?

믿어서 어쩌자는 거야, 마음속으로 중얼거리는 것이 들리지도 않았을 텐데, 아이는 내가 들고 있는 카메라를 향해 한

순간 차가운 시선을 보내는가 싶더니 느닷없이 입을 열었다.

"그런데 미야모토 씨, 조금 봐주셨으면 하는 게 있는데요."

"예?"

미야모토가 당혹스럽다는 목소리를 높이고 아이를 봤다. 그동안에 스기시타가, 기자재를 넣어두는 커다란 가방 안에서 7인치 포터블 DVD 플레이어를 꺼내어 아이에게 건넸다.

교대하자며 내게 다가온 스기시타에게 카메라를 돌려주고서 나는, 대체 아이는 미야모토에게 무엇을 보여주려는 것이냐고 다시 그의 등 뒤로 돌아갔다.

아이가 내게 의미심장한 시선을 향한 뒤, 재생 버튼을 눌렀다.

"아."

무심코 목소리를 높이고 만 것은 화면 안, 아이와 나란히 찍혀 있는 것이 요코야마 유키나를 포함한 여러 동급생이었기 때문이었다.

"그럼 가위바위보 이겼으니까 내가 아이 군이랑 서로 좋아한 역할이네."

"좋겠네, 유키나. 가위바위보 너무 잘해."

"마지막, 보였나……."

이토와 미야케가 아쉽다는 표정을 짓는 옆에서, 아이가 쓴웃음 지으며 이야기를 시작했다.

 "상황을 정하자. 요코야마라면 피아노일까."

 "음악실은? 어찌어찌 분위기에 넘어가서 키스해버렸다, 같은 거."

 요코야마가 의욕 넘치게 그리 말하는데, 이토와 미야케가 "치사해"라며 야유하는 목소리를 높였다.

 "이렇게 됐다면 아예 촌스럽게 가는 거야. 음악실에서 키스. 키스한 다음에, 분위기를 못 참고 피아노."

 "어째서 피아노를 치는가, 그런 흐름이겠네. 곡은?"

 "그건 어때? 야마모토 선생님 18번. 비틀즈."

 "아하하, 웃기네. HR 시간에 갑자기 아카펠라 예스터데이였지."

 "하지만 이 즐거움, 아는 거 우리뿐이네. 아이 군, 방송할 때 자막 넣어줘. 담임인 미야모토 선생님이 좋아하는 노래라서 선곡했다고."

 "그래그래. 아니면 왜 예스터데이냐고 그럴 거야."

 "예스터데이, 제발 그건ㅡ. 좀 더 영화처럼 멋진 느낌으로 하자."

"기각."

"기각이네."

"기각이래, 요코야마."

"너무해ㅡ. 하지만 뭐, 괜찮을까. 아이 군의 마음속 애인 역할이니까."

"정말로 유키나는 가위바위보 잘하네ㅡ."

"아쉬워라."

또다시 여성진들이 요코야마를 상대로 "아쉬워"를 연발했다.

"……이건……."

미야모토의 얼굴에서 점점 핏기가 가시는 상황에서, 나 역시도 진심으로 놀라서 화면을 잡아먹을 듯이 바라보고 말았다.

어느새? 전혀 몰랐다. 요컨대 '음악실에서의 키스'는 날조라는 이야기였다. 아이와 당사자인 요코야마, 그리고 요코야마의 친구인 이토와 미야케가 꾸며낸 것과 큰 차이가 없는 이야기를 지금, 미야모토는 꺼낸 것이었다.

"이 영상은 당신에게 점괘 예약을 넣기 전, 고등학교 동급생에게 사정을 이야기해서 협력받은 거예요. 보셨다시피 음악실에서의 키스는 완전히 거짓말, 그야말로 날조라서 그런 사실은 없었습니다. 그런데도 어째서 당신은, 그 날조를 '볼' 수 있었을까요."

이제 미야모토는 아이를 저주해서 죽일 것 같은 표정을 짓고 있었다.

"그녀들은 트위터나 블로그를 하고 있는데, 일부러 몇 번인가 제 이야기를 꺼내도록 해서 함정을 쳤습니다. 작전은 무사히 성공했고, 그리고 이윽고 그녀들에게 각각 방송국 스태프, 잡지 기자, 그리고 제 자서전을 쓴다는 작가를 자칭하는 인물이 방문해서 취재를 받았다는 모양이더군요. 제가 고등학교 시절에 사귀었던 여성에 대해서, 참으로 아무렇지도 않게, 교묘하게 묻더라고 세 사람 모두 감탄했어요. 당신의 스태프는 우수하군요, 미야모토 씨. 당신도 일찍이 우수한 조사원이었던 모양이고요."

"······무슨 일이냐. 처음부터 속일 생각이었군······."

간신히 미야모토는 사고력을 회복한 것 같았다. 조금 전까지의 자애로 가득한 미소는 어디로 갔는지, 번쩍번쩍 빛나는 눈을 아이에게 향하는가 싶더니 갑자기 카메라로 향했다.

"이봐! 찍지 마! 허가 안 했다고! 취지가 전혀 다르잖아! 점괘를 보고 싶다니까 받아들였는데, 이건 완전히 사기잖아!"

찍지 마, 라며 카메라 렌즈를 손으로 막는 미야모토의, 그 손을 아이가 붙잡고 비틀어 올렸다.

"아프잖아!"

외치는 미야모토를 상대로, 아이가 시원스러운 목소리를 내질렀다.

"사기를 친 건 어느 쪽입니까! 가짜 점괘로 이제까지 사람을 속인 건 누굽니까! 그 탓에 길을 잘못 들이고 만 사람도 있습니다! 자신이 무슨 짓을 하는지, 알고 있습니까!"

규탄하는 아이에게 스기시타가 렌즈를 향했다.

"아, 알 게 뭐야! 점괘는 점괘야! 믿는 사람이 바보라고."

미야모토가 자포자기한 것처럼 노성을 쳤다. 그의 얼굴은 무척 일그러져서 추악하다는 표현이 딱 맞았다.

"믿게 만들도록 만든 건 어디의 누구냐, 그런 이야깁니다."

아이는 차갑게 웃으며 그렇게 말하더니 카메라로 시선을 향했다.

"철수. 편집 작업에 들어간다."

"기, 기다려! 나는 촬영을 허가하지 않았어! 안 했다고!"

떠들어대는 그에게 아이가 씩 웃어 보였다.

"얼굴은 안 나와요. 이름도. 음성도 변조할게요. 방송을 본

캐스터 탐정

것만으로는 어디의 누구인지 알 수 없겠죠. 방영 후, 일찍이 당신에게 점을 보고, 속았다고 느낀 사람이 경찰에 달려가게 될지도 모르겠지만."

그렇게만 말하고 아이는, 이미 기자재 정리를 마친 그의 스태프를 돌아봤다.

"가자."

"기다려! 제발 방송하지 마! 부탁이야! 돈은 얼마든지 낼 테니까!"

미야모토는 아이에게 매달리려고 했지만, 아이는 그를 훌쩍 피하고 그대로 방을 나갔다. 나도 서둘러 모두를 뒤쫓아서 방을 나왔다.

"돈으로 해결할 수 있다고 생각하는 부분이 불손하다고."

종종걸음으로 사무소를 뒤로하며 아이는 분개한 목소리로 그렇게 말하고 억누른 한숨을 흘렸다.

"남의 약점을 이용해서……."

"…………."

확실히.

점에 매달리는 사람은 무언가 고민을 품고 있는 케이스가 많지 않을까 생각한다. 그런 사람들의 눈에, 과거의 일을 구체적으로 맞히는 미야모토는 모든 고민을 해결해줄 상대로 비쳤음에 틀림없다.

자신의 미래를 맡기고자 바라며 결코 저렴하지 않은 5만 엔의 복채를 지불한다. 복채 이외에도 아야베처럼 돈을 착취 당한 사람도 다수 있겠지.

그런 사람들이 조금이라도 울분을 풀 수 있는 방송이 된 다면 좋겠다. 진심으로 그렇게 기도하던 내 머릿속을 들여다 본 것처럼, 아이가 어깨 너머로 나를 돌아보고 끄덕였다.

맡겨둬──소리 내어 말한 것은 아니지만, 내 귀에는 똑똑 히 아이의 그런 목소리가 닿았다.

참으로 든든하다. 무심코 미소를 지으면서도 나는, 금요일 밤에 그 '든든함'을 전달하려면 어떤 정장, 어떤 넥타이가 좋을지, 그날 아이의 스타일링을 열심히 생각하기 시작한 것 이었다.

"……그렇게 되어, 잘 맞는다는 평판의 점술사가 사기나 마 찬가지인 방법을 사용했다는 실제 영상을 보내 드렸습니다."

그 주 금요일 23시 반 즈음. 시작하고 10분 동안 그날 벌어진 뉴스를 전한 뒤, 이번 주의 특집으로 아이는 미야모토 이야기를 거의 무편집으로 방송했다. 미야모토에게 예고했다시피 얼굴에는 모자이크를 넣고 음성도 변조했지만, 실제로 점괘를 본 적이 있는 사람이라면 틀림없이 알아차릴 것이라 확신할 수 있었다.

　피해자가 '피해'를 자각하고 경찰에 고발한다면 틀림없이 미야모토는 체포당하겠지. 그 이전에 아이는 아야베 사건을 사이토에게 전달했다. 아이는 데이트레이드 자체를 의심해서 실제로 돈의 움직임이 있었는지를 경시청 수사1과 소속인 사이토에게 조사해달라며 의뢰하고, 사이토로부터는 곧 답변을 받을 참이었다.

　"그렇군요. 과거의 일을 그대로 맞힌다면 미래도 맞지 않을까, 다들 기대하고 말겠죠. 설마 예약한 날까지 조사를 진행하다니, 보통 그런 생각은 못 하겠죠."

　해설 담당 할아버지, 신도가 어이없다는 목소리를 높이고 아이가 "정말입니다"라며 쓴웃음 지었다.

　"이 점술사의 전직은 조사회사의 조사원이었습니다만, 취재 결과, 상당히 유능한 것으로 평판이 높았다는 사실을 알게 되었습니다."

"특기를 살렸다는 건가요?"

"예, 제 학창 시절의 친구들도 놀랐습니다. 조사 방법이 지극히 자연스러워서, 저한테 상황을 들었음에도 불구하고 처음에는 조사당한다는 사실을 깨닫지 못했다고."

"그런 특기가 있다면, 그 길을 살리면 될 것을. 이것 참……."

신도가 더더욱 어이없다는 목소리를 높이는 옆에서, 아이가 카메라로 시선을 되돌렸다.

"물론 저희는 점술 전반을 부정할 생각은 없습니다. 제 친구도 점술을 좋아해서, 매일 아침, 뉴스 방송의 점술 코너에서 자기 별자리 랭킹을 보고는 일희일비하니까요."

그 '친구'란 나겠지만, 일희일비하는 건 자기도 마찬가지면서. 그만 입술을 삐죽이는 내 앞에서는, 텔레비전 화면 안에서 아이가 카메라를 똑바로 바라보며 뜨겁게 호소하고 있었다.

"마음이 약해졌을 때, 사람은 누군가를 의지하고 싶어집니다. 그 '누군가'가 점술사인 사람도 있겠죠. 그렇게 약해진 마음을 이용해서 돈을 갈취하려는 녀석은, 용서할 수 없는 존재라고 생각합니다. 오늘의 특집은 그런 가짜 점술사의 수법을 여러분께 소개해드리는 것으로, 주의 환기를 촉구하는 계기가 된다면 좋겠습니다."

아이는 그렇게 말하더니 싱긋 미소 짓고 평소의 마무리 멘트를 입에 담았다.

"슬슬 작별의 시간입니다. 다음 주에는 아마도 오늘 특집의 뒷이야기를 전해드릴 수 있을 거라 생각합니다. 그럼 여러분, 좋은 주말되시길."

뒷이야기──라면 체포겠지. '기상캐스터' 코너가 사라져버린 것을 안타깝게 생각하며 텔레비전을 끄는 것과 동시에, 사무소 전화가 울렸다.

이런 시간에, 그렇게 놀라며 황급히 수화기를 들었다.

"예, 오피스 AI입니다."

"사이토다. 아이 유이치로는?"

세상에나, 전화를 건 것은 사이토 경부보였다.

"저기, 이제까지 방송 중이었으니까 아직 방송국에 있을 겁니다만⋯⋯."

"방송? 뭐냐, 그러니까 전화도 안 받은 건가."

전화 너머에서 투덜거리는 사이토에게, 딱히 내가 잘못한 건 아니지만 일단 "죄송합니다"라고 사죄했다.

"저기, 지금이라면 아마 아이도 전화를 받을 겁니다. 전언이라도 괜찮다면 전달하겠습니다만······."

"꼬맹이, 이미 한밤중이라고. 이런 시간까지 부려 먹히는 건가? 부모는 뭐라고 그래? 화내진 않나?"

사이토는 전언을 맡기는 게 아니라 그런 질문을 했다.

"아니, 저기······."

사이토한테 자기소개를 한 적은 없었는데, 혹시 그도 나를 대학생 알바 정도로 생각하는 걸까. 그만 말을 잃은 내 귀에, 사이토의 목소리가 울렸다.

"농담이다."

"저기요."

힘이 빠진 나머지 말투가 거칠어져 버렸다. 실수했다고 생각은 했지만 그때는 이미 사이토가 이야기를 시작했다.

"아이 캐스터한테 전해라. 미야모토가 아야베 씨한테 소개한 트레이더는 그의 동료였고, 실제로 받은 돈은 전혀 움직이지 않았다. 수법이 밝혀지기도 해서, 미야모토한테는 사기죄로 체포영장이 나왔다고. 그럼."

일방적으로 그렇게만 말하고 사이토 경부보는 전화를 끊어버렸다.

"여보세요?"

'농담이다'에서 아직 회복되지 않았던 나는 한순간 어리둥절했지만 금세 정신을 차리고 수화기에 말을 걸어 봐도 들리는 것은 뚜ー뚜ー하는 기계음뿐, 정말이지, 그렇게 투덜거리며 수화기를 놓았다.

그리고 이번에는 내 스마트폰이 울렸으니까 누구지, 라며 놓아둔 거실 테이블로 향했다.

전화 상대는 아이이고, 바로 전언을 전해야겠다며 통화 버튼을 누르는 것과 동시에 이야기했다.

"여보세요? 지금, 사이토 경부보한테 전화가 왔어."

"이쪽에도 아야베한테서 전화가 왔어. 미야모토 체포 소식을 경찰한테서 들었다고."

"그런가. 잘됐네. 무사히 체포해서."

전할 필요도 없었나, 그렇게 생각하며 아이에게 말했더니,

"돈은 돌아오지 않는다고 그래서, 아야베는 침울해했지만."

전화 너머에서 아이는 쓴웃음 지으면서도, 목소리에 기쁨이 배어 있었다.

"그러면 뒤풀이 있겠네? 천천히 와도 돼."

예고한 대로, 다음 주 특집은 미야모토 체포가 되겠지. 방송을 계기로 범죄자가 하나 체포당했다. 앞으로 미야모토한

테 속아서 돈을 뜯긴 끝에 그만 단념하는 피해자는 더 이상 나오지 않을 것이다.

그런 경우, 항상 프로듀서 이케다의 제안으로 평소보다 호화로운 '뒤풀이'가 진행된다.

귀가는 늦어질 테니까 그동안에 원고를 진행해둘까——그렇게 생각하던 내 머릿속을 읽은 것처럼, 아이가 전화 너머로 말했다.

"이케다 선배가 너도 꼭 부르라고 그래서. 학창 시절의 내 이야기를 듣고 싶나 봐. 택시로 와주지 않을래? 요츠야 니초메의 '라쇼몬' 고깃집이야."

"아니, 됐어. 이미 늦었으니까. 그리고 사이토 경부보도 말했으니까."

"뭐라고?"

의아하다는 듯 되묻는 아이는, 내 대답을 듣고 웃음을 터뜨렸다.

"이렇게나 늦은 시간까지 뭘 하고 있나, 부모님한테 혼날 거라고."

"사이토 씨도 그런 농담을 하게 되었다니. 제대로 웃었네. 그럼, 기다린다."

웃겼을 뿐이지 결국 초대를 거절하기에 이르지는 못했지만 아야베를 위해서도, 또 앞으로 미야모토에게 속아서 돈을 뜯길 수도 있었던 피해자 예비군을 위해서도 미야모토 체포는 기뻐할 일이라고는 나도 생각했으니까, 그 축배를 들기 위해 아이가 지정한 고깃집으로 향하고자 오늘 밤의 일은 포기하고 외출 채비를 시작한 것이었다.

얼굴 노출 OK

搜一

아요. 아마도 범인이 누명을 씌우려 하는 걸로 여겨져요. 아드님을 누명에서 벗어나게 돕고 싶어요. 지금 이대로는 일상생활에도 지장이 생길 테고, 회사 근무에도 영향을 주겠죠. 한시라도 빨리 진범을 체포할 수 있도록, 아드님에게 협력을 청하고 싶습니다. 그렇게, 전해주시지 않겠어요?"

"예? 저기……."

아이의 발언은 어머니에게 생각지 못한 내용이었나 보다.

"잠시만 기다려주세요."

의아하다는 듯 그렇게 말한 뒤, 인터폰이 끊어졌다. 그대로 시간이 지나갔다.

"다시 한번 눌러볼까?"

인터폰을, 하고 아이에게 물었더니 그는 괜찮을 거야, 그러듯이 미소 짓고 고개를 가로저었다.

기다리기를 5분. 체념하려던 내 눈앞에서, 대문에서 1미터 정도 앞에 있는 현관문이 열렸다.

"저기…… 들어오세요."

조금 열린 문 사이로 얼굴을 내민 것은, 조금 전 인터폰으로 대화를 나누었을 어머니였다.

"감사합니다."

아이가 싱긋 미소 짓고, 스스로 대문을 열고 안으로 들어갔다. 나도 그를 따라서, 대문을 단단히 닫고는 현관문으로 들어갔다.

"아들한테 이야기했더니 신용할 수 없다고는 그랬지만 이야기를 듣는 정도라면, 이라고……."

어머니가 그렇게 말하고 아이를 흘끗 봤다.

"아드님이 절 의심하는 기분은 이해합니다. 어쨌든 이야기를 나누게 해주세요."

아이는 진지한 눈빛을 어머니에게 보내고 힘찬 말투로 그렇게 말했다. 어머니의 뺨이 점점 홍조를 띠는 것을 앞에 두고, 당신의 마음은 잘 압니다, 마음속으로 중얼거렸다.

"그럼, 들어오세요."

어머니를 따라서, 계단을 올라가서 바로 앞에 있는 방 앞에 섰다.

"카즈후미, 들어갈게."

노크를 한 뒤, 어머니는 문을 열었다. 아이와 나는 어머니를 따라 방으로 들어갔다.

깔끔하게 정리된 방이었다. 옷장은 벽 붙박이장인지 실내에는 침대와 책상 정도밖에 없었다.

그 책상에 딸린 의자에, 카즈후미로 여겨지는 젊은 남자가 앉아서 우리를——그렇다기보다 아이를 노려보고 있었다.

"지금, 차 가져올게요."

떠나려는 어머니에게 아이는 "신경 쓰지 마세요"라며 미소 지은 뒤, 카즈후미 쪽으로 시선을 옮겼다.

"처음 뵙겠습니다, 아이예요. 이번에는 취재에 응해주셔서 감사합니다."

"응한 게 아냐. 이야기를 듣고 싶다는 것뿐이야. 말해두겠는데, 방송 허가는 안 할 거니까."

"알아요. 범인도 아닌데 범인 취급을 당하게 된 건 매스컴 탓이니까요. 저도 매스컴의 일원으로서 책임을 느낍니다."

아이는 카즈후미를 똑바로 바라보며 그렇게 말하고는 깊이 머리를 숙였다. 나도 그를 따라서 머리를 숙였다.

"……범인…………"

카즈후미가 중얼거린 뒤, 아이를 향해 몸을 내밀었다.

"범인도 아니라고, 지금, 그렇게 말했지?"

"예. 당신은 범인이 아니죠?"

아이가 싱긋 미소 짓고 카즈후미를 향해 고개를 끄덕였다.

"그래. 범인이 아냐…… 범인이 아니라고……."

아이가 '범인이 아니다'라고 말한 것이 어지간히도 기뻤는지, 카즈후미는 지금 눈물을 글썽이고 있었다. 의자에서 일어서서 아이에게 매달리듯이 호소했다.

"알고 있어요. 당신은 누명을 뒤집어썼어요. 그것도 진범때문에. 저는 당신을 구하고 싶어요. 그를 위해서 이야기를 들을 수 있을까요? 당신의 허가를 얻을 때까지, 방송에는 당신의 말을 내보내지 않아요. 그건 약속드릴게요."

아이의 말 하나하나에 카즈후미는 끄덕였다.

"……무슨 이야기를 하면 됩니까?"

아이가 바라보는 가운데, 카즈후미가 그렇게 물었다.

"사적인 이야기라 죄송합니다만, 두 분이 말다툼을 벌인이유는 뭔가요?"

"어어……."

그 순간에 카즈후미는 괴로워하는 표정을 지었지만, 질문에는 대답해주었다.

"바보 같은 일이에요. 왠지 애인은 내가 바람을 피운다고 믿어서, 매번 그걸 따지고 들었거든요. 하지만 정말로 사실무근이에요. 그 사람, 착한 아이였지만 뭐라고 할까 질투가 무척 심해서. 내가 그 사람과 같은 회사를 그만둔 것도, 그 사람이 멋대로 나와 올해 입사한 어시스턴트 여자애 사이를 착각해서 소란을 피웠으니까 그랬어요. 어시스턴트는 멘탈이 무너져서 그만두고, 그 책임을 내가 지는 모양새로 저도 그만두게 되어서…… 뭐라고 할까, 좀 이상하거든요. 하지만 나쁜 아이는 아니에요. 정은 두터우니까. 그러니까 헤어질 생각은 없었어요. 하지만 최근에는 정말 지쳐버려서……."

하아, 카즈후미는 깊은 한숨을 흘리고 고개를 숙였다.

"저기, 그 어시스턴트 여성과의 사이를, 무토 씨는 아직도 의심하고 있었던 건가요?"

아이가, 일부러 만들어낸 것으로 여겨지는, 담담한 말투로 물었다. 아무런 코멘트도 더하지 않은 그 질문은, 카즈후미에게는 대답하기 쉬운 내용이었는지,

"예."

라며 끄덕이고 다시 이야기를 시작했다.

"거짓말도 뭣도 아니라 그 아이와는 아무 관계도 없었고, 서로 회사를 그만둔 뒤로는 연락을 취하지도 않았어요. 그 사람이 지금 어디서 뭘 하는지 난 전혀 모르는데, 미카는 왠지 두 사람의 관계는 이어진다는 망상에 사로잡혀서 번번이 트집을 잡았어요. 최근에는 제발 좀 그만해라, 그런 마음이

아무래도 앞서고 말아서 말다툼을 벌일 때도 많아졌어요. 왜 그녀가 그런 망상에 사로잡혔는지, 전혀 이해를 못 하겠어요. 누군가가 무슨 말을 불어넣은 건 아니냐고, 그렇게 여길 수밖에 없을 만큼 집요했거든요. 저건 정말이지, 뭐였을까요."

물어본다고 아이가 대답할 수 있을 리 없을 텐데. 계속 생각하던 내 마음이 전해지기라도 했는지, 여기서 카즈후미는 정신을 차린 표정을 짓더니,

"미안해요, 흥분해버려서……."

조금 부끄러운 듯 머리를 긁적였다.

"아뇨. 마음은 잘 압니다."

아이가 또다시 싱긋 미소 짓고 고개를 끄덕였다.

"그녀가 의심을 품기에 이른 건 무언가 이유가 있었던 걸까요? 예를 들면, 사내에서 소문이 돌았다든지."

미소 그대로 묻는 아이 앞에서 카즈후미는 고개를 가로저었다.

"소문……이라고 할까, 어시스턴트 아이가 호의를 표현하는 방법은 눈에 띄었을지도 모르겠네요. 다만 그 '호의'는 어디까지나 선배를 향한 것이지 연애의 대상은 아니었다고 생각하

지만요."

말하기 힘들다는 듯 대답한 카즈후미는, 확실히 신입 여사원이 동경을 품을 법한 용모였다. 키는 180센티미터를 넘지 않을까. 스포츠맨 타입의, 참으로 상쾌한 미남이었다.

"하지만, 맹세해도 되는데, 그녀와는 회사를 떠난 뒤로 만난 적은 없었어요. 그녀도 저한테는 사귀는 사람이 있다는 걸 알았으니까요. 그에 대해서 '부럽다' 정도의 말은 했지만, 그 이상의 표현은 없었어요. 그런데도 미카가 소란을 피우니까, 결국 회사를 그만두게 되어버리고…… 안 됐죠. 정말……."

이것 참, 그러듯이 한숨을 내쉬는 카즈후미에게 아이가 계속 물었다.

"마지막으로 무토 미카 씨와 만나신 건 언제죠?"

"그 사람이 살해당하기 전날이에요. 사건이 있던 날에는, 그녀의 집에는 안 갔거든요. 그걸 증명할 수가 없어서…… 가족의 증언은, 증거로서 역할을 못 한다고 그러더라고요."

안타깝다는 듯 그가 그렇게 말했을 때, 문을 노크하는 소리와 함께 어머니가 쟁반에 홍차를 담아서 방 안으로 들어왔다.

"어머니, 사건 당일 밤, 나는 확실히 집에 있었지?"

홍차와 다과를 우리에게 나누어주려는 어머니에게 카즈후미가 물었다.

"있었어요. 이 방에서 내일 면접 연습을 하는 걸 밑에서 들었는걸요. 형사분한테도 잔뜩 이야기했는데, 가족의 증언만으로는 알리바이가 안 된다고. 너무하죠. 그럼 밤중에 집에 있었다는 사람은 아무도 알리바이가 성립되지 않는다는 거잖아요. 그렇죠, 그렇게 생각하지 않나요?"

아이에게 달려들 기세로 그렇게 말하는 어머니를 제지한 것은 아들 카즈후미였다.

"어쩔 수 없어. 규칙이니까. 하지만 나는 그날 밤, 밖에는 한 걸음도 안 나갔어. 거리의 방범 카메라를 조사해도 상관없어. 당연히 그 사람 집 근처도, 그런데…… 그렇지만 '갔다'는 증명보다 '가지 않았다'는 증명이 어려울 테니까……."

하아, 한숨을 흘린 카즈후미는 이미 체념한 표정이었다.

"재취직도 할 수 있을 것 같았는데, 이걸로 이제 끝이에요. 안타깝지만, 그래도 살인범으로 체포당하는 것보다는 그나마 나아요."

하아, 또다시 깊은 한숨을 흘린 카즈후미에게, 나는 무어라

건넬 말을 찾을 수가 없었다. 아이 역시도 그랬는지 가라앉은 표정으로 고개를 숙이고 있었다.

"······하지만 뭐, 이런저런 일이 있었지만······."

카즈후미가 다시 입을 연 것은 1분 정도 지난 뒤였다.

"이미 지나간 이야기라고는 해도, 그 사람의 죽음을 바란 적은 없었어요. 만나면 싸우고, 밤중에 그 사람의 아파트를 뛰쳐나오는 나날을 되풀이하기는 했지만, 취직처가 정해지면 프러포즈할 생각이었어요. 설마 살해당할 줄이야······ 대체 어디 사는 누가······."

용서할 수 없다, 그렇게 중얼거리는 카즈후미의 얼굴은 사랑하는 사람을 잃은 슬픔으로 가득했다.

아마도 틀림없이 그의 말에 거짓은 없을 것이다. 그렇게 느낄 만큼의 무언가가, 카즈후미에게는 있었다.

"감사합니다. 마지막으로 하나만."

아이도 같은 생각이었는지 미소로 끄덕인 뒤, 다시 카즈후미에게 물었다.

"최근에 무언가 이상한 일은 없었나요? 뭐든 괜찮아요. 무토 씨랑 관계가 없어도."

"예?"

카즈후미에게는 의외의 질문이었는지 놀란 듯 눈을 크게 떴지만 금세,

"……그러고 보니."

참으로 의미심장한 대답이 돌아왔다.

"아까는 회사를 그만둔 후배와는 그 이후로 만나지 않았다고 그랬지만, 일주일 정도 전이었나, 우연히 전철 안에서 만났어요. 거리도 있었으니까 서로 인사만 했는데, 왠지 그 사실을 미카는 알고 있었어요. 그것 때문에 말다툼을 하게 됐거든요. 잘 생각해보면 어째서 미카는 알고 있었을까요……?"

의아하다는 표정을 짓는 카즈후미에게 아이가 질문을 던졌다.

"아라이 씨, SNS는 뭔가 하시나요?"

"SNS? 아, 트위터나 페이스북 같은 거 말인가요? 안 해요. 사생활을 인터넷에 올린다니, 무섭지 않나요?"

카즈후미가 얼굴을 찌푸리고 대답한 뒤,

"아!"

라고 크게 목소리를 높였다.

"혹시 후배라는 그녀는 하고 있었을지도 모른다?"

"그럼 왜······."

굳이 가는 거냐, 그렇게 물으려던 말을 가로막고 놀라운 발언을 한 것이었다.

"그가 범인일 가능성이 높으니까."

"어?"

놀란 목소리를 높인 것은 나만이 아니었다.

"저 집주인이?"

"적당히 말하는 거 아냐?"

"범인이라면, 얼굴을 노출하진 않겠지."

스기시타가, 미시마가, 야에가시가 각자 놀란 목소리를 높이는데도 아이는 참으로 시원스러운 표정 그대로,

"틀림없다고 생각해."

그렇게 말하고 크게 고개를 끄덕였다.

"근거는? 아직 취재도 안 했잖아?"

그런데도 '틀림없다'라니 무슨 이야기인가. 내 질문에 대한 아이의 대답은,

"얼굴을 노출한 거야."

라는, 영문을 모를 소리였다.

"얼굴 노출이라니, 아침에 본 뉴스 말이야?"

생각해보면 저 영상을 본 것이, 이렇게 취재하러 온 계기였다. 하지만 영상 어디에 그런 힌트가 숨겨져 있었나.

이제는 머릿속이 물음표로 가득해진 내게, 아이가 씩 웃었다.

"그래. 그걸 보고 딱 왔지. 범인은 저 집주인이라고."

"'그거'라니 어디 말이야? 나는 전혀 안 와 닿았는데."

같은 것을 봤을 텐데. 연신 고개를 갸웃거리는 내게 아이는 마치 동정하는 것 같은 시선을 향한 뒤,

"어쨌든, 가자."

미시마에게 차를 출발시키도록 지시를 내렸다.

"가라고 그러면 가겠지만⋯⋯."

미시마는 석연찮다는 표정을 지으면서도 시키는 대로 시동을 걸고 출발했다. 스기시타도 야에가시도 반신반의하는 표정을 짓고 있었지만, 나는 솔직히 '반의(半疑)'는커녕 7할 정도는 아이의 말을 의심하고 있었다.

그렇지만 '팀 아이'의 리더는 물론 아이다. 거부권은 없다고는 하지만 정말로 괜찮을까, 그런 걱정만 커졌다.

뭐, 아이도 내게 걱정을 끼치고 싶진 않을 테지만. 그런 생각을 하는 걸 알았는지 아이는 나를 흘끗 본 뒤, 이것 참,

얼굴 노출 OK

그런 표정을 지으며, 역시나 걱정을 끼치고 싶지는 않다며
깨닫게 해준 것이었다.

사건 현장은 무사시사카이의 주택가였다. 역에서 도보
12, 13분 정도 거리였다.

취재 스태프들은 아직 아파트 앞에서 대기 중이었다.
대기하던 것은 방송국 카메라만이 아니라서, 아파트 앞에
서 나는 너무나도 기억에 잘 남아 있는 남자의 모습을 찾
아냈다.

"아이, 저건⋯⋯."

당연히 알아차렸을 거라고는 생각하면서도 아이의 주의를
촉구했다.

"사이토 씨잖아? 취재는 안 받아주더라도 이야기 정도는
들어두자."

역시나 아이는 사이토의 존재를 이미 확인했고, 그렇게
말하는가 싶더니 밴에서 내려 곧바로 그에게 향했다.

"사이토 경부보, 오랜만이에요. 사이토 씨가 이 사건, 담당

캐스터 탐정

하시나요?"

싱긋 웃으며 묻는 아이에 대한 사이토의 리액션은——
무시, 였다.

예측하고는 있었지만 완전히 무시하는 건 굉장한데, 무심
코 그의 얼굴을 응시하고 말았다.

아이는 어쩌냐면 전혀 기죽지도 않고, 사이토에게 계속 말
을 건네고 있었다.

"아침에 이 사건 보도를 본 순간, 캐스터의 영혼이 확 움직
이더라고요. 범인을 한시라도 빨리 체포해야 한다고."

"……체포하는 건 경찰이다."

흘려넘길 수는 없겠다고 생각했는지 사이토가 간신히 입
을 열었다. 노렸구나, 그렇게 알아차린 내게 아이가 깜빡, 가
볍게 윙크를 하더니 사이토에게 시선을 향하며 입을 열었다.

"당연하죠. 하지만 이번에는 매스컴도 가만히 있을 순 없
었어요. 자기 과시욕을 채우는 데 도움을 주게 되었으니까."

"자기 과시욕? 아, 집주인 말인가."

사이토가 귀찮다는 표정을 지었다.

"나서고 싶어 하는 집주인이 널 자극하든 말든 알 게 뭐냐.
바빠. 자, 돌아가라."

상대해주지 않겠다는 듯, 사이토가 아이를 쫓아내려고 했다. 그런 그를 향해 아이가 어깨를 으쓱였다.

"자극하는 정도로는 안 와요. 범인이라고 생각했으니까 왔죠."

"뭐라고?"

"아이?!"

설마 여기서 그걸 밝히다니, 그렇게 놀라는 내 목소리와 사이토의 목소리가 겹쳐서 울렸다. 그 순간에 사이토는 불쾌하다는 표정으로 나를 노려봤으니까, 그 날카로운 눈빛에 그만 몸을 움츠리고 말았다.

"해도 될 농담과 안 되는 농담이 있다는 것 정도, 알고 있겠지?"

사이토의 시선이 나한테서 아이 쪽으로 넘어갔다. 나한테 향하던 것 이상으로 싸늘한 눈빛을 보내는데도 아이는 태연했다.

"물론. 경찰을 상대로 농담을 할 수 있을 정도로, 저는 간이 크진 않아요."

'태연'은커녕 야유로 받아들이더라도 어쩔 수 없는 말을 건넸으니까, 나는 당황해서 아이의 팔을 붙잡고 이 자리에서 한시라도 빨리 떠나려 했다.

"기다려."

그런 내 등에 사이토의 목소리가 박혔다. 이건 상당히 화가 났겠구나, 그렇게 느낄 수밖에 없는 차가운 목소리로, 공무 집행방해 같은 적당한 구실로 체포라도 당하는 건 아니냐며 진심으로 겁을 먹고 말았다.

"무슨 일이죠?"

그러나 아이는 전혀 겁먹은 기색도 없이 미소로 사이토를 돌아보더니 상쾌한 목소리로 되물었다.

"집주인이 범인이라고 했지? 지금."

사이토가 아이에게 확인했다.

"예."

"뭔가 파악했나?"

사이토가 미간에 가득히 주름을 새기고서 물었다.

그는 보기에 아이를 싫어하지만, 이렇게 묻는 만큼 아이의 추리 능력은 인정하는 것일지도 모르겠다.

하지만 실제로는 아무것도 파악하지 못했다고 생각하는 데. 오늘 아침, 뉴스에서 집주인을 본 뒤에 아이가 취한 행동은, 피해자의 애인한테 이야기를 들으러 갔을 뿐이었다.

그 자리에 함께 있었지만 집주인에 대한 화제는 거의 나오지 않았던 것 같다. 그러니까 사이토와 마찬가지로, 아이가 '범인은 집주인'이라고 말을 꺼내자 나도 '팀 아이'도 다들 놀란 것이었다.

과연 아이는 뭐라고 대답할까. 지켜보는 가운데, 여전히 상쾌한 말투로 아이가 대답했다.

"아직 전혀. 이제부터 파악하러 가려는 참이에요."

"뭐라고?"

사이토가 어이없다는 목소리를 높인 뒤, 더더욱 험악한 눈빛으로 아이를 노려봤다.

"장난치는 거냐?"

"그러니까 경찰을 상대로 장난을 칠 만큼, 저는 간이 크진 않아요."

쓴웃음 짓는 아이에게 사이토는 한순간 무언가 말하려 했지만——아마도 욕설을 퍼부으려 했다고 생각한다——이윽고 못 해 먹겠다, 그러듯이 고개를 가로젓더니 그대로 아무 말도 없이 발길이 돌려버렸다.

"그럼 갈까."

그 모습을 조마조마하게 보던 내게, 아이가 미소로 말을

캐스터 탐정

건네고 아파트로 향했다.

사이토는 노려보고 있었지만 아무 말도 하지 않는 걸 보면 '용인'해 주는 거겠지.

집주인은 아이의 취재를——방송 카메라가 돌아가는 상태에서의 취재를 받아들일까. 그리고 정말로 집주인은 범인일까. 아이는 무엇을 파악하려는 것일까.

모두 말꼬리에 '?' 마크가 붙어버리는데, 마음속으로 그렇게 중얼거리는 내 앞에서 아이가 집주인의 방 인터폰을 눌렀다.

"예."

문이 열리고 집주인이 얼굴을 내밀었다. 인터폰 너머로 이야기하는 게 아니구나, 나는 그렇게 놀랐지만, 아이를 본 집주인은 나 이상으로 놀라고 있었다.

"아이 캐스터? 23시 20분의 남자 아닌가요. 어? 취재인가요?"

신이 난 목소리로 집주인의 눈이 번쩍번쩍 빛났다. 이건 굳이 물어볼 필요도 없이 취재는 허락하겠구나, 그렇게 생각하는 사이에 아이가 그에게 물었다.

"예. 꼭 부탁드리고 싶은데요. 카메라와 같이 들어가도 될까요?"

"예, 그러세요."

즉답한 집주인은 반대로 아이에게 되물었다.

"나중에 사인, 받을 수 있을까요?"

"예, 물론이죠."

아이가 싱긋 웃으며 끄덕였다. 사인인가, 내심 어이없어 하던 내게 아이가 작은 목소리로 지시했다.

"다른 사람들, 불러줘."

"어, 알았어."

꾸물거리지 마, 그런 말이 담긴 그의 시선을 받고 나는 황급히 밴을 향해 달려갔다.

다른 사람들은 이미 준비를 마친 상태였다. 그들을 데리고 집주인한테 돌아오는 것을, 사이토가 조금 떨어진 곳에서 험악한 눈빛으로 노려보고 있었다.

"무섭네."

야에가시가 어깨를 움츠리며 툭하니 흘린 목소리는 옆에 있는 내 귀에조차 닿지 않을 정도의 톤이었지만, 사이토는 청력이 어떻게 된 것인지 그 순간에 분명히 야에가시를 노려봐서 더더욱 그를 겁먹게 만든 것이었다.

"얼굴도 목소리도 그대로 내보내면 될까요?"

금세 촬영 준비를 마치고, 문을 등진 상태에서 집주인이 취재에 응하게 되었다.

아이가 확인하자 집주인은 "괜찮아요"라며 즉답하고는 야에가시가 조명을 비추는 가운데, 스기시타가 든 카메라 렌트로 시선을 향했다.

어, 뭔가 좀——위화감이 있었다. 그건 무척 소프트한 표현이고, 솔직히 말하면 혐오감이 들었다.

방송에 나오고 싶어 하는 사람은 꽤 많다. 외부에서 촬영하면 대부분의 구경꾼은 아이에게 빠져들고는 하지만, 중학생 남자 등등은 필사적으로 '날 찍어달라' 어필을 하는 것이 대표적인 예시다.

하지만 이 집주인은 그런 '찍히고 싶어 하는' 것과는 조금 다른 느낌이 들었다. 그 이상으로 무언가 불쾌하다고 할까. 제대로 표현할 수 없지만, 그렇게 생각하며 보고 있었더니 아이가 집주인의 이름과 나이를 묻고 있었다.

"이름도 괜찮을까요?"

"예. 이무라예요. 우물 정(井)자에 마을 촌(村)자."

"몇 살이시죠?"

"마흔두 살이요."

"이 아파트의 주인이신가요?"

"예. 부모님한테 상속받았어요."

"이무라 씨도 여기서 사시는군요."

"예. 1층의 방 두 개를 하나로 이어서."

"가족분은?"

"혼자 삽니다. 하하, 뭔가 심문 같네요."

집주인이──이무라가 불편하다는 표정으로 머리를 긁적
였다.

"사건에 대해서 물어보는 게 아니었나요?"

취재 내용은 그것일 터. 그렇게 말하는 이무라에게 아이는
시원스러운 표정으로,

"죄송합니다, 워밍업이라고 생각해주세요."

그렇게 대답하고는 차례차례 질문을 던졌다.

"지금, 아파트에는 입주자가 몇 분 계십니까?"

"으음, 1층에 세 명, 2층에 다섯 명으로 여덟 명이네요. 덕
분에 만실이에요."

"다들 혼자 사시는군요."

"예. 1K에 넓이는 네 평 정도예요. 정원 한 명이란 걸로 계
약하고 있어요. 애완동물도 불가예요."

캐스터 탐정

"학생분이 많나요?"

"반반이에요. 돌아가신 무토 씨는 사회인이었죠. 입주는 반년 전이고, 마침 방 하나가 비었으니까 부동산에 광고를 낸 그날에 그쪽으로 연락이 왔나 보더라고요."

질문이 사건으로 넘어가지 않는 것에 이무라는 당황한 듯했다. 묻기도 전에 이야기를 꺼냈지만 아이는 그 대화를 키우려 하진 않았다.

"각 방의 계약은 2년 단위인가요? 입주자 교체는 많은 편? 아니면 계약 갱신이 많습니까?"

"…………2년 단위예요. 이 아파트는 설비가 꽤 낡았으니까 갱신하지 않는 사람이 많아요. 이미 지은 지 30년 가까우니까, 수도 같은 건 가끔 고치지만요."

이무라는 이제 기분이 나쁘다고 해도 될 상태였다. 일단 질문에는 대답했지만 얼굴은 부루퉁하고, 팔짱까지 끼기 시작했다.

다음 질문에 따라서는 이제 취재를 거부하진 않을까. 걱정하는 내 앞에서 아이는 간신히 피해자에 대해서 질문을 시작했다.

"돌아가신 무토 씨 말입니다만, 무척 느낌이 좋은 분이었던 모양이더군요. 아침 방송에서 이무라 씨가 말씀하시는 걸 봤습니다."

"예, 정말로 느낌이 좋은 사람이었어요. 매일 아침, 제가 청소를 하고 있으면 인사를 해줬죠. 도저히 다른 사람에게 원한을 살 것처럼은 안 보였어요. 그 후로 뉴스를 봤는데, 회사에서 평판도 좋았다고 그러던데요."

생생하게, 그야말로 물 만난 물고기처럼 이야기를 시작한 집주인은, 역시나 '나오고 싶어 하는' 것 같았다. 사람 하나가 죽었다는 걸 제대로 이해는 하는 걸까, 그런 불쾌한 생각은 들었지만 이 사람이 범인이라니 썩 믿기지 않았다.

사람을 죽인 인간이 방송에 나오고 싶다는 생각을 할까? 발각될 경우, 뻔뻔하게 인터뷰에 응하는 영상은 반복해서 나오게 된다. 평범한 정신 상태라면 그걸 상상하는 것만으로 일단 피하자, 그렇게 생각할 것이다.

하지만 나는 중요한 사실을 잊고 있었다. 사람을 죽인 인간은 이미 '평범한 정신 상태'가 아닌 것이다.

그렇다고 해도 이렇게나 적극적으로 방송에 나오고 싶어 한다, 그것도 납득이 가진 않지만.

아이는 대체 무슨 생각으로 이무라를 인터뷰하는 걸까.

캐스터 탐정

딱 잘라서 범인이라 단언했다. 그 근거는 어디에 있을까. 제대로 지켜보자며 나는 아이를, 그리고 그가 마이크를 들이댄 이무라를 응시하고 그들의 이야기에 귀를 기울였다.

"범행 시간에 대해서는 경찰에게 들으셨습니까?"

"예. 자정부터 두 시 사이라고."

"그동안에 뭔가 신경 쓰이는 소리를 들었다든지, 신경 쓰이는 사람을 봤다든지, 뭐든 괜찮습니다만 생각나는 건 있습니까?"

아이의 물음에 이무라는 "아뇨"라고 바로 고개를 가로 저었다.

"항상 열두 시 전에는 잠들어 버리니까, 저는 전혀…… 아파트 주민들한테도 좀 물어봤는데, 다들 아무것도 못 들었고 못 봤다더군요. 무토 씨 옆방 사람, 카세 씨라고 하는데, 그 사람은 이날, 집에는 돌아오지 않았으니까 아무 이야기도 못 들었어요."

"주민분들과 사건 이야기를 하셨군요. 뭔가 신경 쓰이는 화제는 나왔습니까?"

아이가 이무라에게 물으며 그의 눈을 가만히 들여다봤다.

"경찰분들한테도 이야기했는데 최근 며칠, 무토 씨랑 그

애인이었을까요? 남녀가 말다툼하는 소릴 들은 사람이 많았어요. 저도 며칠 전, 들었죠. 마침 밤중에 잠이 깼을 때가 있어서. 그 목소리에 깼을지도요. 여성이——무토 씨가 일방적으로 남자를 매도했어요. 바람을 의심하는 느낌이었죠. 남자 쪽은 어쩐지 상대를 못 해주겠다는 분위기라서. 왜 저렇게 되어버렸을까요? 남녀의 일은 알 수가 없네요."

"그런데."

내버려뒀다가는 끝도 없이 떠들 것 같은 이무라의 이야기를 아이가 거리낌 없이 가로막았다.

"이 아파트에 방범 카메라는 달려 있지 않습니까?"

"……예. 뭐, 전에는 설치했는데요."

이제까지 기분 좋게 이야기하던 것을 방해받아서 마음에 안 들었는지, 아니면 다른 이유가 있는지 갑자기 그의 입이 무거워졌다.

"지금은 설치되어 있지 않군요. 철거 이유는 무엇이었죠?"

아이가 곧바로 물었다.

"……예전에 살던 사람한테…… 이미 그녀는 이곳에 살고 있진 않지만, 불평이 있었거든요. 도촬당하는 것 같아서 기분 나쁘다고……."

"도촬? 경비 회사의 카메라였죠?"

그것을 '도촬'이라고 그런다면 아무리 그래도 과하다, 그렇게 생각했는데, 아이의 물음에 대한 이무라의 대답은 예상 밖의 내용이었다.

"아뇨…… 제가 설치한 건데요. 아파트 제 방 앞이랑, 2층 계단을 올라간 곳에. 영상은 녹화를 남긴다고 그랬더니 도촬이라며 시끄러워서. 저로서는 주민의 안전을 위해서 시작한 일이었는데, 그렇게 말해버리니 어쩔 수 없었어요."

"경비 회사에 부탁한다는 선택지는 없었습니까?"

아이의 물음에 이무라가 얼굴을 찌푸렸다.

"희망하는 사람이 있다면요. 다만 그러면 관리비를 올릴 수밖에 없다고 했더니, 설치 희망자가 하나도 안 나왔어요. 혹시 방범 카메라를 설치했다면, 이번 사건의 해결에 도움이 되었을지도 모르겠네요. 아뇨, 확실히 도움이 되었겠죠."

안타깝네요, 이무라는 그러면서 한숨을 흘렸다. 마치 방범 카메라에 불평을 한 주민 쪽에 문제가 있다고 그러는 것 같네, 그렇게 생각한 나는 아이가 그 부분을 파고들지는 않을까 싶어 그를 봤다.

"감사합니다. 마지막으로 무토 씨를 살해한 범인에 대해,

얼굴 노출 OK

221

이무라 씨의 생각을 들려주실 수 있겠습니까?"

당연히 따질 거라 생각했던 그는 그 이야기를 시원스럽게 흘려버리고 인터뷰 마무리에 들어가 버렸다. 이무라를 범인이라 생각한다면 꽤나 느슨하게 추궁하는데, 그렇게 생각하는 내 앞에서 이무라는 생각을 이야기하기 시작했다.

"어떨까요. 경찰분들의 말씀으로는, 잠긴 문을 부순 흔적도 없고, 현금도 귀금속도 손을 대지 않았다고. 그렇다면 도둑의 범행이라기보다는 면식범의 범행…… 무토 씨한테 개인적인 원한이 있는 인간의 범행이 아닐까 싶은데, 어떨까요? 애당초 무토 씨는 다른 사람에게 원한을 살 법한 타입으로는 보이지 않았으니까요."

모르겠네요, 라고 고개를 가로젓는 이무라에게 아이가 계속 물었다.

"싸움을 한 애인에 대해서는 어떻게 생각합니까?"

이거, 이대로 방송할 수 있는 질문이 아닌데, 나는 아이의 진의를 헤아릴 수가 없어서 고개를 갸웃거렸다. 마치 유도신문처럼, 세간에서 가장 수상하다고 여겨지는 애인, 카즈후미에 대해서 화제를 꺼내다니 무슨 의도일까.

"어떻다니……"

이무라는 당황한 표정을 지었다. 역시나 그도 방송 카메라가 돌아가는 곳에서는, 특정한 사람을 '수상하다'라고 말할 수는 없나 보다. 뭐, 얼굴도 드러냈으니까 카즈후미에게 원한을 사고 싶지 않으리라는 걸 생각하면 당연한가.

아이도 그런 건 알 텐데, 어째선지 그는 이무라를 상대로 계속해서 카즈후미에 대해 질문을 던졌다.

"자주 싸웠다, 일방적으로 매도당했다, 그렇다면 남성 측에 잘못이 있었던 게 아닐까 생각합니다만, 그런 쪽으로 이무라 씨는 어떻게 생각하실까요?"

"아니, 아무 생각도 없어요. 남성한테 실제로 잘못이 있었는지 어떤지도 모르고요. 무토 씨가 의심할 것뿐일지도 모르죠."

"무토 씨는 어째서, 애인이 바람을 피운다고 의심했을까요?"

아이가 끈덕지게 물고 늘어지자 이무라는 살짝 짜증이 난 모양이었다.

"모른다고요, 그런 건. 페이스북이 어쩌고 했으니까, 거기서 증거라도 찾은 거 아닐까요?"

"페이스북이라고요? 어떤 증거를?"

"그러니까 모른다니까요. 큰 소리로 떠들어 댔으니까 들렸

을 뿐이지, 이쪽은 싸우는 걸 들으려고 귀를 세우고 있던 것
도 아니고."

"그건 그렇겠네요. 감사합니다."

싱긋, 아이는 미소 짓더니 어째선지 여기서 갑자기 추궁
하는 기세를 늦추고 정리에 들어갔다.

"협력 감사합니다. 이후에도 또, 이야기를 여쭈어볼 일이
있을까 싶습니다만, 부탁드릴 수 있을까요?"

"예, 물론이죠. 다만, 딱히 이야기해 드릴 건 이제 없는
데……."

이무라가 어딘가 안도한 것 같은 미소를 짓고 머리를 숙
였다.

"철수하자."

아이는 '팀 아이'에게 지시를 내리고는 또다시 이무라를
향해 "감사합니다"라며 머리를 숙이고 떠나려 했다. 나도
황급히 뒤를 쫓았다.

"저걸로 끝내도 되는 거야?"

아파트를 떠난 뒤에 아이에게 묻자 그는 나를 돌아보고
"현재로서는" 하며 웃었다.

"이다음은?"

스기시타가 카메라를 고쳐 들었다.

"주민 취재, 할 거야?"

"그러네. 하나씩 물어보자. 그동안에."

그러더니 아이가 내게 시선을 옮기고 빠른 말투로 지시를 쏟아냈다.

"집주인한테 방범 카메라 일로 클레임을 했다는 예전 입주자가 지금 어디 있는지 조사해줘. 뭣하면 사이토 경부보한테 물어봐도 돼."

"어?! 가르쳐줄 것 같진 않은데……."

저 사이토가, 그러면서 돌아봤다가 그만 본인과 눈이 마주치고, 찌릿 노려보는 통에 황급히 시선을 앞으로 되돌렸다.

"힘내. 알아내는 대로, 취재하러 갈게."

나는 '못 한다'라고 그럴 생각이었는데, 아이는 차갑게 말하더니 다른 사람들을 이끌고 아파트 2층으로 가버렸다.

어쩔 수 없이 나는 사이토한테 가서 아이가 말한 그대로, 예전 주민을 조사해 줄 수는 없는지 조심조심 이야기를 꺼냈다.

"저 녀석은 경찰을 뭐라고 생각하는 거냐?"

예상대로 사이토는 격노했다——만, 예상과 달리 그가

내게 건넨 말은,

"기다려라."

였다.

여우에 씐 것 같은 기분으로 기다리기를 15분, 어딘가에 전화를 걸던 사이토가 그 전화를 끊는가 싶더니 메모를 적은 수첩 페이지를 찢어서 내게 건넸다.

"가장 최근에 아파트 계약을 해제한 건 이 여성이다."

"가, 감사합니다."

거짓말.

설마 가르쳐줄 줄이야, 그런 놀란 심정이 목소리와 얼굴에 드러나고 말았을까, 사이토의 표정이 단숨에 험악해졌다.

"뭐냐, 조사하라고 그러니까 조사했을 텐데. 뭔가 불만이 있나?"

"없어요! 감사합니다!!"

황급히 머리를 숙이고 양손으로 메모를 받아들었다.

"조사해 줬으니까, 이쪽 요청도 들어줘야겠지. 취재에는 내 부하를 동행시켜라. 알겠나?"

"예? 그건……."

아이에게 물어보지 않으면 알 수 없다, 그렇게 말하려고

캐스터 탐정

했을 때 이미 사이토가,

"후지타!"

젊은 부하를 부르고 있었다.

"이제부터 아이 캐스터 취재에 동행해라."

"예? 아, 예. 알겠습니다."

후지타라는 젊은이는 몇 번인가 현장에서 본 적이 있었다. 형사라기보다 젊은 직장인이라는 느낌으로, 요즘 젊은이답게 키가 크고 머리가 작았다.

"후지타입니다. 잘 부탁합니다."

부하 교육이 잘 되었는지 후지타는 바로 사이토의 지시를 받아들이고, 나를 향해 시원스러운 동작으로 머리를 숙였다.

"저, 저기, 잘 부탁합니다. 타케노우치예요."

나도 황급히 머리를 숙여 답했다. 나이는 틀림없이 내가 위일 텐데, 착실한 정도는 확실하게 후지타가 위였다.

"타케노우치 씨는 미스터리 작가시죠. 수상하신 작품, 읽었습니다. 재미있었어요."

게다가 후지타는 사교성도 나보다 위였다. 싱긋 웃으면 그런, 사교성 빈말로만 여겨지는 말을 갑자기 꺼내서, 나는 그저 놀라서 그를 바라보고 만 것이었다.

"왜 그러시죠?"

웃으니 하얀 이가 엿보였다. 이 상쾌함, 조금 아이랑 통하는 구석이 있구나, 그렇게 생각하는 것과 동시에 사교성 빈 말이라고는 해도 인사를 해야 한다고 간신히 깨달았다.

"아뇨, 그게, 감사합니다. 수상이라고 할 수는 없겠지만, 정말로 그게……."

정말로 읽으셨다니 기쁘네요, 라고 내가 웅얼웅얼하자 후지타가,

"선외가작이라도 '수상'이라고 생각합니다."

진지한 표정으로 말하고 갑자기 감상을 늘어놓기 시작했다.

"명탐정 캐릭터가 좋았어요. 재색겸비로 모두에게 호감을 사는데도 인간관계는 옅다는 그녀의 캐릭터, 좋아해요. 그리고 스키장 묘사가 어쩐지 향수를 돋우는데, 그 이야기, 혹시 타케노우치 씨의 체험담을 바탕으로 한 겁니까? 아닌가? 혹시 그 명탐정한테도 모델이 있지 않을까 싶었는데요."

"예에?"

술술 늘어놓는 그 내용에 설마 정말로 읽었느냐며 놀라

　　　　　　　　　캐스터 탐정

는 것과 동시에, 대단한 통찰력이라며 그쪽에도 진심으로 놀라서 나는 후지타를 빤히 바라보고 말았다.

"아, 죄송합니다. 이야기할 기회가 있다면 꼭 물어보고 싶었으니까요."

후지타가 부끄럽다는 표정으로 머리를 긁적였다.

"아니, 그게⋯⋯."

지금 그가 말한 것은 그야말로 정답이라, 수상작은 고등학교 시절의 스키 교실에서 내가 체험한 이야기를 모티프로 한 것이었다. 탐정 역할인 재색겸비 여고생의 모델은, 실제로 그 사건——이라고 해도 작품에 적은 것 같은 살인사건이 벌어진 것은 아니고, 지갑 도난 미수였다——을 해결한 아이였다. 성별을 바꾸었지만 재색겸비인 부분이나 성격은 무척 비슷하게 만들어버린 것을 설마 이 후지타라는 젊은 형사는 꿰뚫어 보았느냐며 얼굴을 바라보던 그때, 등 뒤에서 사이토의 노성이 울렸다.

"후지타, 뭐 하나. 빨리 가라."

"죄송합니다, 바로 가겠습니다."

박력 있는 노성에 겁먹은 것은 나뿐이고, 순순히 대답하면서도 후지타는 그다지 사이토를 무서워하지 않는 것 같았

다. 그런 부분도 '요즘'다운 건가, 그런 생각을 하며 나는,

"그럼, 갈까요."

앞장서서 걷기 시작한 그를 따라서 촬영팀 차로 향하는 것이었다.

아이는 후지타의 동행을 허락하고, 우리는 예전 입주자, 타구치 미야코의 현재 소재지로 향했다. 운 좋게 집에 있던 그녀에게 아이가 취재를 청했다.

"예? 저? 왜?"

그녀는 아이의 팬이었기에 취재는 바로 허락했지만, 무슨 취재인지는 모르겠다며 고개를 갸웃거렸다.

"이전에 사셨던 아파트의 집주인에 대해서, 여쭤보고 싶어 서요."

아이가, 여성이라면 누구라도 사로잡히지 않을 수 없는 미 소를 짓고 물었다.

"아―."

타구치는 한순간 곤란하다는 표정을 지었지만 아이가 얼

굴 노출도 없고 음성도 변조할 수 있다, 또한 촬영하지 않는다는 선택지도 있다고 설명하자,

"그럼, 얼굴 노출은 없이, 음성 변조를 해줄래요?"

그녀는 그렇게 대답하고 촬영이 시작되었다.

"방범 카메라를 반대하신 모양이더군요."

"그게 말이죠, 기분 나쁘잖아요? 경비 회사 카메라도 아니고 집주인 개인 물건이라고요."

"본인은 입주자에게 무슨 일이 있으면 곤란하다, 그렇게 판단했다고 합니다만."

아이의 말에 타구치는 "뭐, 그렇겠지만요"라고 말하면서도 표정은 불쾌해 보였다.

"무언가 신경 쓰이는 일이라도?"

타구치의 나이는 이십 대 중반이고 상당한 미인이었다. 스타일도 좋고, 가슴 크기에 자신이 있는지 굳이 그것을 강조하는 것 같은 옷을 입고 있었다.

혹시 집주인이 들이댔다든지, 그런 일이라도 있었을까. 그렇게 추측하던 나는, 이어지는 그녀의 말에 자신의 생각이 틀렸음을 알게 되었다.

"신경 쓰인다고 할까, 뭐, 자의식 과잉이겠지만, 집주인, 제

사생활을 감시한다……고 그러면 지나친 이야기인가. 체크한다고 할까, 뭔가 조금, 기분 나빴거든요. 아파트 앞에서 만났을 때라든지, 어제는 회사에서 회식이었나요, 라든지, 오늘은 본가에 가시나요, 라든지. 어쩐지 그게 묘하게 맞아서 기분 나쁘다고 생각하던 참에, 어느샌가 카메라가 계단 쪽에 달려 있어서 그만 화를 내버려서요. 하지만 보통 주민들 허가도 없이 다나요? 집주인, 허가를 받았다고 그랬는데, 저한테는 절대로 안 물어봤거든요. 떼라고 그랬더니 떼 주기는 했는데, 그대로 계속 살 생각은 안 들고 갱신 시기도 되었으니까 이사했어요……. 그런데, 그게 무슨 문제라도?"

당시의 분노를 떠올리고 단숨에 이야기하던 그녀가, 여기서 갑자기 정신을 차린 표정을 지었다.

"저 아파트에서 살인사건이 일어났습니다. 모르셨나요?"

아이가 여전히 미소로 묻자 그녀는 몰랐는지 "어어"라며 놀랐다.

"뉴스에서 집주인이 인터뷰에 응했는데, 못 보셨습니까?"

"못 봤어요. 오늘인가요? 아침에는 TV를 안 켰으니까……."

그녀는 놀랐지만,

"혹시 집주인이 수상한가요?"

핵심을 찌르는 질문을 했다. 아이는 그 질문에는 대답하지 않고 반대로 새로운 질문을 던졌다.

"조금 전의 이야기 말인데, 회사의 회식이었다든지, 앞으로 본가에 간다든지, 그런 이야기는 '방범 카메라'로——'본 것'만으로 알 수 있는 일일까 싶습니다만, 어떨까요?"

"어떻다뇨?"

질문의 의미를 알 수가 없었는지——참고로 나도 알 수 없었다——타구치가 아이에게 되물었다.

"심야에 취해서 돌아왔다든지, 일요일인데 아홉 시 전에 평상복차림으로 집을 나섰다, 그런 일은 영상으로 알 수 있겠지만, 그게 데이트인지 회사의 회식인지는 알 수 없지 않을까요?"

"어, 그러네요. 확실히. 그때는 카메라를 발견하고는 머리에 열이 올랐지만, 보는 것만으로는 알 수 없는 이야기까지 했을지도……."

기분 나쁘다는 듯이 타구치가 미간을 찌푸리고 자신의 몸을 끌어안는 것처럼 움직였다.

"도청을 당한 걸까요?"

촬영 상황을 내 옆에서 보고 있던 후지타 형사가 내게 속삭였다.

"어?"

무심코 목소리를 흘릴 뻔해서, 황급히 손바닥으로 입을 막으며 나는 후지타를 돌아봤다.

"혹시 이번 피해자도 저 집주인한테 도청을 당했고, 그걸 알아차리고서 따지고 들다가 살해를 당했다, 그런 걸지도."

"…………."

그런 이야기인가, 후지타의 그 말을 듣고 간신히 깨달은 내 앞에서는, 슬슬 취재가 끝나려 하고 있었다.

"협력 감사합니다. 방송에 사용하게 된다면 다시 연락을 드릴게요."

"알겠어요……."

타구치는 멍한 모습이었지만 그래도 마지막에 아이에게 악수와 사인을 조르는 것을 잊지 않았다.

"죄송합니다, 저도 여기서 실례하겠습니다."

후지타는 나한테만 그렇게 말하고는 서둘러 떠났다.

"어?"

뭘 그렇게 서두르는 걸까, 그런 생각을 하며 후지타가 돌아갔다고 아이에게 이야기했다.

"뭐야, 약삭빠르네."

쓴웃음을 짓는 아이는 후지타가 돌아간 이유를 짐작하는 듯했다.

"약삭빠르다고?"

어떤 의미냐고 묻자 아이는 뭐야, 넌 모르는 거냐, 라며 조금 어이없어하면서도 가르쳐주었다.

"피해자의 방에 도청기가 남아 있진 않은지 찾으러 갔겠지. 범행 당시에 이미 집주인이 회수했다고 생각하지만."

"역시 저 집주인한테 도청당하던 걸 알아차리고, 그걸 따지다가 살해당했나? 이번 피해자는."

내가 확인을 하자 아이가 "아마도"라며 끄덕였다.

"어떻게 알았어?"

"처음에 방송에서 집주인을 취재했을 때, 내용은 기억해?"

아이의 질문에 나는 "대강은"이라고 대답할 수밖에 없었다.

"'대강'의 안에 '피해자와 대화한 건 아침 인사 정도밖에 없다'라는 건 포함되어 있을까?"

살짝 짓궂은 질문을 하는 아이에게,

"그 정도는 기억해."

라며 끄덕였다.

"그런 것치고, 이사를 온 이유는 예전에 살던 집의 계약 갱신 이외에도 있었던 모양이다, 같은 소리를 하니까 어라? 싶었거든. 실제로 방송되지는 않았지만, 애인으로 여겨지는 남성이 빈번하게 찾아왔다는 이야기도 한 모양이니까. 그래서 혹시나, 싶었으니까 조사하기로 했지."

"혹시나 싶었다니, 집주인이 도청했을지도 모르겠다고 생각한 거야?"

그것만으로? 그렇게 놀라는 내게 아이가 "그것보다도"라며 그의 신경 쓰이던 점을 이야기해서, 더더욱 나를 놀라게 만들었다.

"반년 전에, 이사를 해야만 하는 '트러블'을 피해자가 품고 있었다, 굳이 그런 이야기를 꺼낸 것도 신경 쓰였거든. 오인을 노리는 게 아닐까 싶어서. 범인이 자주 사용하는 수법이야. 자기가 아닌 쪽으로 수사의 시선을 돌리려고 피해자의 정보를 흘리는 건."

"그렇구나……."

그래서 집주인이 수상하다고 생각했나, 그러면서 끄덕이는 나를 향해 아이도 고개를 끄덕이고 계속 말했다.

"실제로 현장에 와보니까 방범 카메라도 없었지. 집주인의 방은 1층, 게다가 그는 빨리 잔다지. 어떻게 애인이 빈번하게 찾아오는 걸 알고 있었을까? 싸움의 내용까지도 집주인은 알고 있었어. 그가 페이스북 이야기를 꺼냈을 때, 됐다 싶었지."

"뭐가?"

됐다니, 뭐가? 그렇게 묻는 내 앞에서 아이가 고개를 절레절레, 한숨을 내쉬었다.

"애인인 카즈후미는, 예전 후배의 페이스북에 대해서는 우리랑 이야기하는 도중에 처음 알았어. 혹시 무토 씨랑 싸울 때 그 이야기가 나왔다면, 오늘 그렇게나 놀란 건 대체 어떻게 된 걸까?"

"아, 그런가!"

간신히 내가 이해한 것을 아이가 해설해주었다.

"아마도 무토 씨는 후배의 페이스북에 대해서 전화로 친구한테라도 불평했을 테지. 집주인은 그걸 도청해서 알고 있었어. 말하자면 진짜 싸움의 이유를 알고 있었으니까, 내가 물었을 때 그만 흘리고 만 거야. 당사자인 카즈후미가 그걸 모른다고 생각하진 못하고서."

"그런……가?"

정말로 나는 이해가 늦다.

미스터리를 쓰는 몸으로써 이래도 되는 걸까, 침울해할 수밖에 없었다. 아아, 한숨을 흘리려는 내게 아이가,

"가자고."

라며 말을 건네어 퍼뜩 정신을 차렸다.

"어, 어디로?"

그것조차 알 수가 없다는 것도 대체 뭐냐. 더더욱 침울해하던 내 등을 아이가 세게 때렸다.

"아파트로 돌아가야지. 운 좋게 도청기가 남아 있다면 체포의 순간을 촬영할 수 있어. 혹시 내일 이후로 체포된다면, 이제부터 집주인을 다시 한번 취재할 거고. 지금 들은 타구치 씨의 이야기를 던져보자."

"고, 고마워."

이해하지 못한 걸 간파당했음을 깨달았다. 참으로 친절한 설명에 머리를 숙인 나의, 그 머리를 아이가 때렸다.

"침울해하지 마. 타케노우치는 그럴 때 '생각하기'를 포기하는 것 같아. 그만큼 정교한 트릭을 생각하면서도, 일상생활에서는 전혀 머리가 돌아가지 않아. 일상과 창작을 떼어놓고 생각할 필요는 없지 않을까? 하루하루, 추리. 미스터리 작가라면 그 정도로도 괜찮다고 생각하고, 타케노우치한테

는 충분히 추리력이 있다고 생각해."

"……아이……."

이건 혹시, 위로해주는——건가?

다름 아닌 아이가. 이런 일, 이제까지 있었을까. 내일은 비라도 내리지 않을까? 비라면 좋겠는데, 눈이나 우박이 내린다면 어쩌지.

멍하니 있던 내 머리를 또다시 아이가 세게 때렸는데, 이번에는 조금 전처럼 힘을 조절하지 않은 '아프다'라고밖에 표현할 수 없는 강도였다.

"아야."

"자, 꾸물거리지 말고."

가자고, 라며 아이가 밴으로 향했다.

"응."

알았어, 라고 끄덕이는 내 가슴은 무어라 형용할 수 없는——굳이 말하면 따스하다, 라고 말할 수밖에 없는 심정으로 가득했다.

함께 생활하고, 함께 일을 하는 사이, 어느샌가 나는 어떻게 해도 아이에게는 당해낼 수 없다고 생각하게 되었나 보다.

아이가 내게 사무소에서 일하지 않겠냐며 권유해준 것은

회사를 그만두느냐 집필을 그만두느냐, 그런 상황이던 나를 동정해서 그랬다고 생각했지만 지금의 말을 들으니 아이는 아이 나름대로 나를 인정해준 것인가 보다.

솔직히 기뻤다. 앞으로 더더욱 아이에게 인정받을 수 있도록, 열심히 하자. 듣고 보니 나는 '생각하기'를 포기해버렸던 것 같다. 앞으로는 일상생활에서도 항상, 사고력을 활용할 수 있도록 하자.

모처럼 이렇게나, 뉴스 캐스터를 맡은 아이의 어시스턴트라는 축복받은 처지에 있는 것이다. 그것을 집필에 살리지 않고서야 어쩌겠느냐.

열심히 하자고. 결의를 새로이 하고 아이의 뒤를 이어서 밴에 올라탄 나를 아이는 흘긋 쳐다본 뒤, 그걸로 됐어, 라고 그러듯이 웃어주어 더더욱 내 가슴을 따스한 기분으로 가득 채워준 것이었다.

"……그렇게 되어, 아파트의 관리인, 이무라 카즈오의 체포 순간을 전해 드렸습니다. 증거가 된 도청기는 이무라가 설치한 것이 아니라 도청기의 존재를 알아차린 피해자 무토 씨가 몰래 자기 방에 설치한 것으로, 살해 순간이 녹음되어 있었습니다."

"이무라는 자기 도청기는 다시 가져갔지만, 그것과는 별개로 피해자 무토 씨가 도청기를 설치하고 녹음할 수 있는 설비를 갖추었다, 그런 이야깁니까?"

어시스턴트 할아버지, 신도가 놀란 표정으로 아이에게 물었다.

"예. 도청기에 대해서 따지려고, 무토 씨는 관리인과 방에서 만날 약속을 했습니다. 그곳에서 나눈 대화를 녹음으로 남기려 한 겁니다. 도청기는 식기 선반 안에, 그리고 녹음된 내용은 컴퓨터에 보존되어 있었습니다. 살해 상황의 자초지종이 녹음되어 있었습니다. 설마 이무라도 그녀가 그런 일을 했을 줄은 예상하지 못했을 테죠. 그녀가 도청기에 대해서 따지자 화가 나서 죽여 버렸다. 욕설을 듣고 머리에 피가 오른 거겠죠. 그 후, 필사적으로 뒷정리를 하는 음성도 남아 있었습니다. 그야말로 확고한 증거입니다. 변명 하나 하지 못하고 얌전히 체포당했습니다. 체포의 순간을 이렇게 여러분께 전해드릴 수 있어서 다행입니다."

"아이 씨는 아침 뉴스에서 이무라의 인터뷰를 보고, 수상하다고 생각했다고요? 대단하시네요."

신도가 감탄한 듯 그렇게 말한 것은 나를 비롯한 시청자 모두의 심정이 아닐까 생각하지만, 아이는 미소를 짓고 칭찬의 말을 흘려 넘겼다. 그것으로 부족했는지 신도가 더더욱 칭찬의 말을 입에 담았다.

"체포 순간을 촬영할 수 있었던 것도 굉장하네요. 이것 참, 아이 씨, 훌륭하군요."

그것을 듣고 아이는——쓴웃음 지었다.

"딱히 그런 게 아닙니다. 우연도 있겠지만, 이런 특종을 찍을 수 있었던 것은 방송 스태프, 그리고 촬영 스태프, 사무소의 스태프와, 아, 그리고 임기응변으로 대응해주신 경찰 여러분 덕분입니다. 물론 마음껏 움직이게 해주신 방송 프로듀서 덕분이기도 합니다. 앞으로도 이런 많은 분의 도움 아래, 시청자 여러분께 전하고 싶은 뉴스를 보내드리고자 합니다."

힘찬 말투로 이야기하는 아이의 얼굴은, 비유가 아니라 정말로 빛나고 있었다.

"그럼 이번 주는 이쯤에서."

다음 주 예정을 이야기하고 머리를 숙이는 아이를 향해, 화면 너머로 나도 고개를 끄덕였다.

　앞으로도 아이가 만족하는 방송을 제작할 수 있도록, 나도 열심히 하고 싶다. 아이의 기대에 부응할 수 있도록. 아니, 아이의 기대 이상으로 일할 수 있도록 열심히 하자고, 그렇게 생각하지 않을 수 없었다.

　"좋은 주말 되시길."

　전국의 사모님을 포로로 만드는, 화려한 미소로 방송 카메라를 바라보는 아이를 향해, 정신이 들었을 때는 나는, 살며시 오른손을 뻗고 있었다.

　이 결의, 받아줬으면 해. 그런 내 마음은 화면 너머로 전해질 리가 없지만, 화면 안의 아이는 어째선지 알고 있어, 그러는 것처럼 내게——아니, 카메라를 향해 힘차게 끄덕이는 것이었다.

캐스터 탐정 금요일 23시 20분의 남자

2024년 12월 27일 1판 1쇄 발행

저 자	유키타 시키	
옮 긴 이	손중근	
발 행 인	유재옥	

이 사	조병권	
출 판 본 부 장	박광운	
편 집 1 팀	박광운	
편 집 2 팀	정영길 조찬희 박치우	
편 집 3 팀	오준영 이소의 권진영 정지원	
디 자 인 랩 팀	김보라 이민서	
콘텐츠기획팀	박상섭 강선화	
라이츠사업팀	김정미 이윤서 임지윤	
디지털사업팀	김경태 김지연 윤희진	
영업마케팅팀	최원석 윤아림 이다은	
물 류 팀	허석용 백철기	
경 영 지 원 팀	최정연	
발 행 처	(주)소미미디어	
등 록	제2015-000008호	
주 소	서울시 마포구 토정로 222, 502호(신수동, 한국출판콘텐츠센터)	
판 매	㈜소미미디어	
제 작 처	코리아피앤피	
전 화	편집부 (070)4164-3960 기획실 (02)567-3388	
	판매 및 마케팅 (070)8822-2301, Fax (02)322-7665	

ISBN 979-11-384-8501-2 (03830)

그렇게 중얼거리면서 저택으로 돌아오니, 주변에서 '야옹, 야옹' 고양이 울음소리가 들린다.

"아, 마녀님. 어서 와요!"

"스승님, 오랜만에 뵈어요."

테토와 함께 수많은 환수 캐트시들에게 둘러싸여 있는 사람은 내 제자인 유이시아였다.

"캐트시를 데려왔다는 건, 얘들 맞선 때문이야? 마침 이 땅의 환수들도 번식기에 들어간 참이야."

"네. 마침 어린 친구들이 일제히 짝을 원하기 시작해서 짝이 없는 아이들을 데리고 왔어요."

그렇게 말한 유이시아는 어깨로 올라온 검은 고양이 캐트시를 다정하게 쓰다듬는다.

이 【창조의 마녀의 숲】은 희귀 환수가 야생에 가까운 상태로 수십 종이나 서식하는 땅이다.

그래서 사랑의 계절이 되면 세계 각지에서 짝을 찾는 환수들이 모여 맞선이 시작된다.

마력을 먹고 지능이 높아진 환수들은 자신이 호감이라고 생각하는 언동과 마력의 질로 상대를 고른다.

마음에 드는 마력을 지닌 이종족을 발견하면, 친구로 지내려 한다.

한편, 동종 이성이고 서로의 마력이 마음에 들 때는 환수들은 한 쌍이 되어 짝짓기하는 경우가 많다.

그렇게 짝을 이룬 환수들은 짝과 함께 【창조의 마녀의 숲】에

머무르거나 짝을 데리고 다른 보호지로 돌아가, 새롭게 혈맥을
확장한다.

　제자 유이시아는 이 땅을 떠나면서 데려간 캐트시의 자손들의
짝을 찾아 주기 위해서 오늘 이렇게 【창조의 마녀의 숲】을 방문
한 것이다.

　짝을 구해 주기 위해서라지만 소형 환수인 캐트시가 예전보다
개체 수가 늘었다.

　다행히 캐트시가 본능으로 개체 수를 조절하기에 개체 수가
급증할 일은 없다. 그래서 현재는 번식 목적보다는 순수하게 짝
을 찾으러 오고 있다.

　사랑을 찾으러 온 캐트시들은 유이시아에게서 떨어져 【창조의
마녀의 숲】 방향으로 달려 나가 요정의 날개로 도약하면서 운명
의 상대를 찾으러 갔다.

　"제 짝을 찾을 때까지 짧게는 며칠, 길게는 수십 일도 걸리니
까 여기 머무르지 않고 갔다가 다시 올 거지? 그러니 가기 전에
차라도 한 잔 마시고 가."

　"아껴 둔 과자도 줄게요!"

　"스승님, 테토 씨, 고맙습니다."

　나와 테토는 유이시아를 저택 뒤편 정원에 있는 정자로 안내
해, 거기서 차를 마시기로 했다.

　"캐트시의 맞선 때문에 오긴 했지만, 좀 더 자주 와도 괜찮아.
애써 【전이 마법】도 익혔으니 말이야."

　"그래요! 더 자주 놀러 와도 돼요!"

제자 유이시아는 오랜 세월에 걸쳐 마력을 단련하여, 【전이 마법】을 습득한 마녀다.

마음만 먹으면 이 【창조의 마녀의 숲】에 언제든 올 수 있을 텐데 안 만나러 올 때는 수십 년을 찾아오지 않는다.

예전에도 이번처럼 캐트시의 맞선을 이유로 캐트시를 배웅하느라 한 번, 데려가느라 한 번 온 게 다이다.

"아하하하하……. 자주 오면 스승님께 어리광을 부릴 것 같아서요……."

곤란한 듯 웃는 제자 유이시아를, 나는 못 말리는 아이를 보듯이 보고 한숨을 쉰다.

"뭐, 너도 책임이 따르는 자리에 앉아 있으니, 남에게 의지하기가 어려운 건 이해해."

나를 떠난 뒤로 우여곡절이 있었던 모양이지만, 유이시아는 지금 대륙에서 1, 2위를 다투는 마법 학교의 이사장을 맡고 있다.

주변인들에게 지시만 내리고 자유롭게 사는 나보다 바쁠지 모른다.

"바쁘겠지만, 내게도 조금만 더 얼굴을 비추러 와. 만약 안 오면 다음번에는 내가 보러 갈 거야."

"그것도 좋겠어요! 유이시아가 사는 곳을 구경시켜 줘요!"

유이시아에게 우리를 자주 보러 오지 않는다면 다음에는 보러 간다고 하니, 살짝 놀라면서도 기쁜 표정을 짓는다.

"그러면 스승님과 테토 씨를 환영해 드려야겠네요. 그때는 더 느긋하게 얘기를 나누어요."

차를 마시며 한숨 돌린 제자 유이시아가 자리에서 일어나【전이 마법】으로 단짝인 검은 고양이 캐트시와 함께 돌아가는 것을 배웅했다.

"일단은 캐트시의 맞선이 끝나고 유이시아가 있는 곳으로 돌아갈 아이가 모이면, 우리가 데려다주자."

"유이시아를 보러 놀러 가는 게 벌써 기대돼요!"

그렇게 말하고 제자 마녀가 전이한 방향을 응시했다. 재회할 날을 기대하는 마음이 부풀어 오른다.

이것은 나와 테토가 만난 낙오 마법사가 위대한 마녀가 되기 위해서 여행을 떠날 때까지의 이야기이다.

혹은 오랜 세월 속에서 가끔 만나는 마녀와 마녀의 첫 번째 이야기이다.

a Witch with Magical Cheat
~ a Slowlife with Creative Magic in Another World ~ 5

1 화 【해산물을 찾아서】

　여신 라리엘의 의뢰를 달성하고 폐갱 마을을 뒤로한 나와 테토는, 해산물을 먹으러 가기 위해서 해변 마을로 향하면서 도중에 있던 마을들의 모험가 길드에 들렀다.

　"마녀님~, 이 길드에도 의뢰가 많이 남아 있어요!"

　"그러면 의뢰들을 처리할 때까지 여기에 머무르자."

　서둘러야 할 여행도 아니기에, 들른 마을들에 쌓여 있던 비인기 의뢰가 거의 다 정리될 즈음까지 체류한다.

　비인기 의뢰는 마을 내의 잡무 의뢰와 농가에서 발생한 유해동물 제거, 근방 약초 채취 등, 어느 모험가 길드에서도 '더럽고, 힘들고, 저렴한 보수'의 삼박자를 고루 갖춘 것들이다.

　A등급 모험가인 우리가 굳이 맡지 않아도 될 의뢰이지만, 비인기 의뢰 처리는 이미 사람을 돕기 위한 필생의 업이 되었다.

　그렇게 비인기 의뢰를 달성하여 받은 보수로 마을의 특산 먹거리를 테토와 맛보고 모험가 길드에 있는 자료실과 서점, 마을 식당 등에서 마을들의 역사와 문화를 배우며 생활한다.

　머무르던 마을을 떠날 때는 모험가 길드의 직원들에게 감사 인사를 받으며 【하늘을 나는 양탄자】를 타고 다음 마을로 이동한다. 이것을 반복하면서 조금씩 해변 가까이 다가갔다.

폐갱 마을을 떠나 이 마을, 저 마을 들르기를 반복하던 우리는 드디어 항구 도시를 눈앞에 두고 있었다.

늘 타고 다니는 【하늘을 나는 양탄자】로 항구 도시 입구 근처까지 접근하니, 위병들이 수상히 여겨 우리가 있는 곳까지 찾아왔다.

"거기, 너희들! 뭣 하는 놈들이냐!"

"우리는 이 마을에 해산물을 먹으러 온 모험가야."

"새우와 게, 생선구이 같은 맛있는 해산물을 먹으러 왔어요!"

"해, 해산물을 먹으러 왔다고? 모험가? 우, 우선…… 길드 카드를 보여라!"

항구 도시를 지키는 위병들이 의아해하며 나와 테토를 본다.

마을들을 전전하는 동안 내 나이도 마흔두 살이 되었고 모험가로서의 경력도 30년이 되었다.

하지만 겉보기에는 10대로 보이는 이인조인 우리는, 마물을 치고 베며 싸우는 모험가의 이미지와는 괴리가 있기에 위병들이 의심한다.

이런 일은 마을 입구에서 자주 벌어지기에 이제 익숙하다.

이번에도 길드 카드와 파티 이름을 알게 되면 대체로 해결될 것이다.

"이게 길드 카드야."

"A등급?! 심지어 【하늘을 나는 양탄자】라고?! 그 유명한?!"

방금까지 이동하면서 타고 온 【하늘을 나는 양탄자】와 우리를 번갈아 보다가 의심의 태도를 거두고 자세를 고친다.

"유명한 모험가님들께서 우리 마을에 와 주시다니, 감사합니다!"

"오잉? 마녀님과 테토를 알아요?"

"물론입니다! 가르드 수인국에서 유명한【하늘을 나는 양탄자】의 이야기는 저희 나라에도 전해졌습니다. 얼마 전에도 현상금이 걸린 범죄 조직 간부를 잡아 주셨다고 들었는데, 그것도 감사합니다!"

그러면서 자세를 고쳐 경례하는 위병들 모습에 좀 멋쩍어졌다.

듣자 하니, 우리가 마을을 돌아다니면서 잡무 의뢰 등을 처리하는 동안에 우리의 정보가 이 마을로도 전달되었나 보다.

"그럼, 이쪽으로 오시죠!"

"아니, 별로 급하지 않으니까 이대로 줄 서서 천천히 기다리겠어."

"테토도 마녀님과 함께 기다릴 거예요!"

A등급 모험가는 귀족 지위에 준한 대우를 받는다.

그러나 그건 긴급한 의뢰를 맡았을 때, 귀족이 사용하는 출입구 등을 이용할 수 있게 하는 신분 보증이다.

따라서 급하지도 않은 때에는 일반 모험가 줄에 서서 기다린다.

"아, 네, 그러시겠습니까."

우리를 향한 의혹도 풀려, 딴에는 고위 모험가를 우대하려 한 친절을 거절당한 위병은 마지못해 돌아갔다.

그런 위병의 뒷모습을 쓴웃음 지으며 보내고 마을 출입구를 오가는 사람들의 얼굴을 관찰하면서 우리 차례가 오기를 기다렸다.

마을을 드나드는 사람들의 표정이 밝고 혈색도 좋다.

로바일 왕국의 내륙 쪽은 폐갱에 둥지를 튼 벌레 마물의 모체인 마더가 지맥의 마력을 흡수하고 있었기에 흉작 경향을 보였다.

그러나 해안부 근처는 육지와 거리가 떨어진 데다가 어업으로 잡히는 먹거리도 있어, 흉작의 영향이 작은 듯하다.

마침내 차례가 되어 마을로 들어간 나와 테토는, 모험가 길드로 갔다.

"어서들 오게.【하늘을 나는 양탄자】파티 여러분. 내가 이 길드의 길드 마스터, 도글이다."

마을 위병이 눈치 빠르게 기다리는 동안 모험가 길드로 연락을 넣어 둔 것이리라.

키가 2m를 넘는 우람한 남자가 우리를 기다리고 있었다.

팔은 회갈색 비늘에 덮여 있고 땅에 끌릴 정도로 긴 꼬리, 맨살은 햇볕에 그을려 까무잡잡하고 머리에는 두 개의 뿔이 나 있었다.

사람과 용, 양쪽의 특징을 지닌 아인종(亜人種)인 용인(竜人)이다.

"반가워.【하늘을 나는 양탄자】의 치세야. 그리고 이쪽은 내 파트너인——."

"——검사 테토예요!"

인사하며 활기차게 손을 든 테토에게 용인 길드 마스터가 의젓하게 고개를 끄덕한다.

그리고 우리와 대화를 나누기 위해 응접실로 안내해 준다.

A등급 모험가는 여러모로 비밀 엄수 사항이 생기는 의뢰를 맡는 경우가 있어, 응접실로 안내하는 듯하다.

"자, 【하늘을 나는 양탄자】의 두 사람이, 우리 마을에는 무슨 일로 온 거지? 필요하다면 나도 협력하겠어."

그렇게 말하며 묻는 도글 씨. 그러나 나와 테토는 고개를 갸웃한다.

"위병한테 전달 못 받았어? 해산물 먹으러 왔다는 거."

"협력할 거면, 맛있는 생선을 먹을 수 있는 가게를 소개해 주면 좋겠어요!"

나와 테토가 답하자, '엥?'이라고 말하듯 멍한 표정을 짓는 도글 씨.

"아니, 잠깐만. 가르드 수인국에서 유명한 모험가가 이웃 나라까지 발걸음을 했으니, 무언가 목적이 있을 거 아니야?!"

"이걸 목적이라고 해야 하나, 지인이 부탁한 게 좀 있어서 로바일 왕국까지 왔는데 볼일이 끝났거든. 지금은 휴가를 보낼 겸 해산물을 먹으러 왔을 뿐이야."

"목적도 없이 내키는 대로 여행할 예정이에요!"

정말 여행하러 들른 거라고 전하자, 도글 씨가 깊은 한숨을 내쉬었다.

"진심이었다니. 뭐, 내륙에 자리한 가르드 수인국 입장에서는 신선한 해산물은 여행까지 올 가치가 있겠지……."

예상 밖이었던 우리의 이야기에 장신의 남성이 천장을 올려다보며 축 늘어진다.

"아무튼, 당분간은 머물 예정이니까 짬이 나면 길드에서 잘 안 나가는 비인기 의뢰를 맡아서 처리해 줄게. 잘하는 건 약초 채취야."

"잡무 의뢰를 하면 즐거워요. 할머니들이 장 보는 거 도와주면 덤을 받을 수 있어요!"

"약초 채취를 잘하고 장보기를 돕는 잡무 의뢰를 좋아하는 A 등급이라. 너희, 어떤 의미로는 대단하구나."

용인 도글 씨의 말에 나는 쓴웃음을 지었고 테토는 자신만만하게 가슴을 젖혔다.

모험가는 등급이 오르면 오를수록 의뢰 보수가 좋아지기에, 경시당하는 약초 채취나 잡무 의뢰는 비인기 의뢰가 되어 간다.

그리고 고위 모험가가 등급이 낮은 의뢰를 맡는 것을 두고 모험가의 가치를 깎아내린다며 안 좋게 보는 눈도 있다.

그 결과, 콧대가 높아졌다는 말도 듣지만, 우리는――.

"딱히 생활이 어렵거나 돈이 궁한 것도 아니고, 애초에 우리에게 맞는 A등급 의뢰가 거의 없어."

"그래서 마녀님과 테토는 사정이 곤란한 사람을 도우려고 남아 있는 의뢰만 골라서 하고 있어요! 사회봉사라는 거죠!"

"그렇군…….【하늘을 나는 양탄자】의 생각은 잘 알았어. 그러면 안 나갈 듯한 비인기 의뢰를 따로 빼놓을 테니, 시간이 있을 때 부탁할게."

그 후, 우리는 도글 씨에게 안내 역할을 인계받은 길드 접수원에게 마을의 추천 숙소와 임대 주택에 관한 설명을 들었다.

숙소에 묵는 건 기간이 짧으면 괜찮지만, 오래 묵으면 숙박료가 비싸지고 【전이문】을 설치하기도 힘든 애로사항이 있다.

이번에는 해산물을 만끽하기 위해서 장기 체류할 예정이기에 임대 주택을 빌리기로 했다.

"휴가를 보내는 김에 며칠은 마을을 관광해야겠어. 의뢰는 관광이 끝나고 맡을게. 정 급한 용건이 있으면 임대 주택 쪽으로 메모라도 남겨 줘."

"마녀님! 빨리 내일이 오면 좋겠어요!"

모험가 길드의 도글 씨와 접수원에게 그렇게 전한 다음 날부터 우리는 마을로 나갔다.

우리가 머무르는 이 항구 도시에는 로바일 왕국에서도 다섯 손가락 안에 들 정도로 큰 항구가 있다.

해변은 어업을 중심으로 한 어획물 항구인 어항(漁港)과 해안의 제염 시설과 잡은 어패류 가공 시설이 있는 공업 구역, 그리고 무역항까지 세 군데로 구분되어 있다.

어업 중심인 어항에는 소형선이 줄지어 정박되어 있는데 동이 트기 전부터 어부들이 생선을 잡으러 바다로 나간다.

공업 구역에서는 항구 도시의 여자들이 바닷물을 염전으로 끌어 들여서 햇볕과 바람의 힘으로 수분을 날려 염분 농도가 진한 바닷물을 만든다.

그렇게 얻은 바닷물을 아궁이에서 졸여서 소금을 만든 다음, 이 소금을 사용하여 생선을 말리거나 소금절이 등의 가공품을 생산한다.

무역항에서는 로바일 왕국의 다른 항구와 대륙 남부, 서부에서 온 배가 정박해, 다양한 상품을 싣고 내리며 상인들이 교역 거래를 하기도 한다.

또한 항구에서 하역된 교역품은 유속이 느린 하천을 물윗배가 거슬러 올라가, 하천 상류에 있는 마을들에도 운반한다.

항구 도시에서 조금 떨어진 곳에는 귀족과 부유층 전용의 보호지가 있는데 해수욕을 할 수 있도록 해안도 정비되어 있다.

"마녀님, 활기가 넘쳐요."

"그러게. 안정이 되면 상업 구역으로도 가 보자."

아침 산책으로 해안 근처까지 온 나와 테토는 이 마을 사람들의 활기찬 모습을 바라보았다.

그리고 어부들의 배가 아침 조업을 마치고 돌아오는 것을 본 나와 테토는 배를 쫓아 아침 장으로 향했다.

어항의 아침 장에는 갓 잡은 신선한 생선이 즐비했다. 이 생선들을 포장마차에서 조리하여 해변에서 일하는 노동자들에게 대접한다.

"어서 옵쇼, 어서 옵쇼! 신선한 생선을 구운 생선 숯불구이 있습니다!"

"어패류 토마토수프 합니다! 한 사발 들이켜면 조업으로 식은 몸이 따뜻해집니다!"

"우리는 조개구이다! 대대로 내려오는 젓갈 조미료가 일품이지!"

"지금 막 튀긴 생선튀김은 어떠신가! 남방에서 만든 소스를 뿌리면 끝내준다고!"

"남방산(産) 곡물을 납작 냄비에서 조리한 해산물 파에야도 있다네!"

대대로 내려오는 젓갈 조미료란 생선장류가 아닐까.

그 밖에도 여러 채소와 과일을 숙성한 소스류에 쌀까지 있는 걸 보니, 식문화도 꽤 발달한 듯하다.

"고대 마법 문명의 붕괴를 피한 식문화가 남아 있는 걸까. 아니면 이제껏 넘어온 전생자들이 알려 줬을 가능성도……."

이 항구 도시의 포장마차에 있는 다양한 식문화에 역사와 로망, 전대의 전생자들의 존재를 상상하는데 테토가 망토 자락을 당긴다.

"마녀님~, 다 먹음직스러워요~."

"그러게. 아침을 안 먹고 바로 산책하러 나와서 배고프네. 밥 먹을까."

나와 테토도 그런 포장마차의 요리 냄새에 식욕이 자극되어 바로 맛보고 싶은 요리를 주문했다.

"마녀님은 어떤 걸 골랐어요?"

"나는, 생선구이와 해산물 파에야."

【창조 마법】으로 창조한 쌀과는 품종이 약간 다를지도 모르지만, 남이 만들어 준 쌀 요리를 먹을 수 있음에 기쁨을 느낀다.

"테토는 뭘 주문했어?"

"테토는, 토마토수프와 생선튀김, 조개구이를 먹을 거예요! 근데 마녀님이 시킨 요리도 맛있어 보여요!"

"그러면 이따가 조금 나눠 먹자."

"네, 예요!"

나와 테토는 먹어 보고 싶은 포장마차의 요리를 사서 야외 테이블 자리에 앉아 아침을 먹었다.

"음, 생선이 신선해. 게다가 오래 굽지 않아서 부드럽고 맛있어. 파에야도 토마토의 새콤한 맛과 해산물 육수의 감칠맛이 깊이 배어서 맛이 좋아."

"토마토수프도 부드러워요. 테토, 이 음식이 마음에 들어요! 그리고 이쪽에 있는 생선튀김과 조개구이는 맛있기는 하지만, 마녀님의 조미료로 만드는 게 더 맛있어요!"

"아아, 간장과 소스 말이지. 뭐, 그건 특별하니까."

일본의 식품 회사가 연구에 연구를 거듭하여 개발한 간장과 소스를【창조 마법】으로 재현한 것이다.

안심과 신뢰의【창조 마법】산 조미료는 우리 집 식탁에서도 인기가 있다.

"이따가 시장에서 식재료를 사서 간장과 소스로 만들어 먹어 보자. 그리고 오징어와 새우도 사서 해산물 카레를 끓여도 괜찮을 것 같아."

"오오! 카레 정말 좋아요! 기대돼요!"

조금 전에 약속한 대로 테토와 음식을 한 입씩 나눠 먹으며 아침 장에 선 포장마차 요리를 즐긴 뒤에는 생선을 사기 위해 장을 보러 간다.

시장에는 아침으로 먹은 어패류 외에도 주변 마을들과 무역항에서 운반해 온 식재료와 상품 등이 즐비했다.

"다 맛있어 보이네."

"마녀님, 뭘 살 거예요?"

테토는 여러 식재료를 살펴보는 나를 보고 즐거워했다.

"어서 와. 이 시기에 딴 채소는 맛있어!"

"갓 잡아 올린 이 생선도 맛으로는 뒤지지 않아."

"제철 채소구나. 맛있어 보여. 네 개씩 살 수 있을까?"

채소 가게와 생선 가게의 사장님들에게 물으며 제철 채소와 요즘 시기에 맛있는 생선 등을 구매한다.

망토 차림이라는 특이한 행색으로 장을 보러 온 소녀인 나와 장 보는 것을 지켜보는 미소녀 테토를 본 가게 사람들이 상냥하게 응대해 준다.

시장 사람과 대화할 때는 모자를 벗어 눈을 맞추며 식재료에 관해 질문해서 그런지 상인들은 마법사의 제자가 심부름을 왔다고 생각한다.

그리고 그런 우리에게 가게 사장님이 덤을 얹어 줄 때는, 이 성장하지 않는 【불로】의 몸이 된 것이 조금은 이득인 듯한 기분이 든다.

"마녀님, 마녀님. 이 생선, 맛있어 보여요."

"아, 철은 조금 이르지만, 꽁치인가 보네. 꽁치 소금구이나 꼬치구이, 양념 튀김, 간장조림 등으로 조리할 수 있겠어."

나도 흰밥과 같이 먹는 모습을 상상하니, 먹고 싶어져서 꽁치도 충동구매 하고 말았다.

그 뒤, 무역항의 상업 구역 등을 구경하다가 갑자기 마음이 내켜서 그대로 부유층이 많은 보호지에 있는 세련된 레스토랑까지 발길을 옮겼다.

이 마을은 왕도에서 거리가 있어, 휴가를 즐기는 귀족과 부유층을 위한 리조트 휴양지로서의 측면도 있기에 상당히 맛이 좋은 식사를 할 수 있다.

"우물우물……. 마녀님, 이 파스타, 맛있어요!"

"그래, 다행이야."

테토는 바지락이 들어간 파스타──봉골레 비앙코를 입안 가득하게 볼이 미어지도록 먹었다. 나는 그런 테토를 흐뭇하게 바라보면서 오븐으로 녹여서 표면이 먹음직스럽게 눌은 게 그라탱을 포크로 허물며 먹는다.

"음, 이것도 맛있어."

"마녀님이 먹는 그라탱도 맛있어 보여요."

"후후, 그러면 조금 나눠 줄게."

소식하는 내게는 양이 약간 많은 게 그라탱을 테토에게도 나눠 주면서 점심 식사를 즐긴다.

부유층을 위한 세련된 레스토랑이지만, 일반 서민도 1년에 한 번, 기념일 같은 날에 외식하러 오는 모양이라서 매너에 그다지 까다롭게 굴지 않는 가게다.

오히려 맛있다는 말을 연발하면서 함박웃음을 지으며 요리를 먹는 테토의 모습을 웨이터와 주방의 요리사가 흡족하게 보고 있다.

"잘 먹었습니다. 맛있었어."

"다음에는 다른 요리를 먹으러 오고 싶어요!"

계산을 마치고 가게를 나온 우리는 오후에도 어슬렁어슬렁 정처 없이 항구의 거리를 걸었다.

"마녀님. 이제 어디 가요?"

"글쎄. 바다까지 가 볼까?"

항구 도시의 해변 북쪽에 개펄과 어항. 무역항이 있고 약간 떨어진 남쪽에는 해수욕장도 있다고 한다.

"마녀님? 헤엄 연습을 하려고요?"

"아니. 이렇게 그냥 바다 경치를 보는 것만으로 충분해."

맥주병인 나는 아무리 노력해도 어째선지 헤엄칠 수가 없어서 이렇게 바다를 바라볼 뿐이다.

그리고 지금은 해수욕 철이 조금 지나서 사람도 별로 없다.

나와 테토는 파도 소리를 들으면서 모래사장을 거닐며 해안에 떨어진 조개껍데기를 주웠다.

"예쁘다. 베레타와 다른 봉사 인형들에게 선물하자."

"네!"

평온한 시간을 보낸 나와 테토는 저녁에 임대 주택에 설치한 【전이문】으로 【허무의 황야】로 돌아가서 베레타, 봉사 인형들과 아침 장에서 산 어패류를 조리한 해산물 요리를 맛있게 먹었다.

3화【부지런한 마녀는, 길드를 지켜본다】

항구 도시에서 며칠간 한가로이 지낸 나와 테토는 모험가 길드에 다니기 시작했다.

"치세 님, 테토 님, 어서 오세요. 길드 마스터의 지시로 비인기 의뢰를 정리해 두었습니다."

"고마워. 그럼, 뭐부터 맡아볼까나."

"마녀님, 이게 좋겠어요!"

길드 마스터 도글 씨에게 말한 대로 A등급 모험가로서 화려하게 활약하는 게 아니라, 잡다한 의뢰를 꾸준히 처리하며 항구 도시에서 느긋하게 보낸다.

그렇기에 나와 테토의 생활은 일반 모험가의 생활과는 다르다.

의뢰 쟁탈로 바쁜 아침 시간대에는 아침 장으로 향해 친해진 어부와 포장마차 사람들과 인사를 나누고 식사를 한 후, 신선한 식재료를 산다.

모험가 길드가 여유를 찾았을 무렵 길드를 방문해, 쟁탈전에 들지 못한 비인기 의뢰 중에서 의뢰를 골라 수행한다.

의뢰에는 단시간에 끝나는 의뢰부터 마을 밖으로 나가야 하는 것도 있다.

단시간에 마칠 수 있는 의뢰는 오전 중에 끝내고 오후에는 좋아하는 것을 한다.

마을 바깥으로 나가야 하거나 며칠은 걸릴 듯한 의뢰는 【하늘을 나는 양탄자】를 타고 이동 거리를 단축하면 하루 안에 처리할 수 있다.

일주일에 나흘은 모험가로 살고 나머지 사흘은 휴식을 취하며 항구 도시에서 여유롭게 보내거나 【전이문】을 통해 【허무의 황야】로 건너가서 베레타와 다른 식구들과 지내기도 했다.

그렇게 유유한 나날을 한 달쯤 보냈다.

"저기, 치세 양……. 이 의뢰, 맡아 주지 않겠어?"

우리가 충분히 여력이 있다는 걸 아는 도글 씨는 가끔 이렇게 의뢰를 권한다.

"미안하지만, 오늘은 그만 쉴 거야."

오늘도 오전 중에 잡무 의뢰를 마친 나는 모험가 길드의 한구석에 앉아 항구 도시에서 산 책을 읽는 중이다.

여러 곳과 유통하는 터라 이제까지 본 적 없는 책도 입수할 수 있었다.

테토는 항구 도시에서도 이제는 취미가 된 길드 내 훈련소에서 모험가를 상대로 모의 전투를 펼치고 있다.

"그렇지만……. 너희, 아직 움직일 여력 있잖아. 그리고 돈 안 필요해?"

여전히 시선을 책에 떨구고 있는 내게 도글 씨가 묻지만, 나는 곁눈질로 힐끔 보기만 하고 다시 책으로 시선을 돌리고는 대답했다.

"우리가 금전적으로 그리 궁하지 않다는 걸 알면서."

의뢰를 맡아 도시 밖으로 나갈 때마다 【허무의 황야】에서 딴 약초와 그 약초로 만든 포션을 납품하고 있기에 여유롭게 생활하는 만큼 주머니 사정은 좋다.

그리고 휴일에는 마을에서 떨어진 바다로 테토와 함께 잠수하러 다닌다.

나는 【결계 마법】을 두르고 잠수하는데 바다 바닥에 가라앉은 호박(琥珀)과 진주조개에 든 진주, 희귀 향료인 용연향 등을 발견할 수 있어서 보물찾기하는 기분을 맛보고 있다.

호박과 진주, 용연향을 팔 마음은 없지만, 팔면 돈이 꽤 될 것이다.

"하아……. 이렇게까지 의욕 없는 A등급 모험가는 처음 봐."

"의욕이 없는 게 아니야. 그저 할 필요가 없을 뿐이지."

돈도, 명성도 그다지 중요하다고 생각하지 않는다.

오히려 30년이 넘는 경력을 쌓은 선배 모험가로서 후배 모험가들을 이끌어 주고 싶은 거다.

"그건 그렇고 여기 길드 모험가들, 몸 단련을 꽤 했더라."

지금은 책을 읽으며 쉬지만, 나도 몸이 둔해지지 않게 테토와 함께 훈련소에 들른 적이 있다.

그때 생각했는데 이곳 길드 모험가들은 체격이 다부졌다.

"크하하하! 당연하지! 여기 녀석들을 누가 단련해 줬는데!"

"하지만 사람 상대로 싸울 때는 기술 면에서 좀 엉성해."

"윽……."

도글 씨가 자기가 관리하는 길드에 속한 모험가들을 자신만만하게 자랑했다가 내 지적에 앓는 소리를 낸다.

항구 도시의 모험가 길드의 특성상, 교역선을 보호하거나 선상에서 마물을 토벌하는 환경이 익숙하겠지.

그래서 현역 A등급 모험가인 길드 마스터 도글 씨는 자기의 경험과 길드로 들어오는 의뢰 경향을 고려해, 모험가들의 체격 단련을 중시한 듯하다.

그러나 도글 씨 본인은 신체 능력이 뛰어난 용인족이고 그 월등한 힘으로 대검을 휘둘러 다수의 마물 토벌 의뢰를 수행한 전적이 있다.

그런 도글 씨의 경험 탓에 아무래도 인간에게 적합한 무술이나 사람을 상대로 하는 전투에 대한 지도가 부족했던 것 같다.

"뭐, 그건 테토가 모의 전투를 통해서 자연스럽게 가르쳐 줄 거야."

테토는 평소에 장검을 쓰지만, 수많은 모험가와 모의 전투를 반복해 와서 다양한 무기를 다루는 법을 학습했다.

그래서 온갖 무기의 사용법을 다른 사람에게 가르쳐 줄 수 있을 만큼의 기량을 지니고 있다.

"그게 아니에요! 이렇게 해서, 이렇게 해야 해요!"

"이렇게 해서, 이렇게!"

기실 지금도 훈련소에서는 테토가 다른 모험가들을 지도하는 목소리가 울려 퍼지고 있다.

그러나 테토는 이론 설명이 서툴러, 말로 하지 않고 본보기와 철저한 반복 훈련을 통해 직감적인 지도를 하고 있으니, 지금보다 기술 면에서 현격히 향상될 것이다.

"있잖아, 너는 모험가들을 지도하지는 않아?"

"마법에 뛰어난 소질을 가진 사람이 있다면 간단한 마법 정도는 가르쳐 줄 수 있지……."

가르드 수인국의 국민 대다수는 수인 종족이다.

수인들은 일반적으로 마력이 약하고 마법 소질이 없는 편이다.

그래도 가끔 마력이 강한 수인 아이들이 있다.

나는 그런 아이들에게 야외 활동에 필요한 생활 마법부터 시작해서 점진적으로 한 사람, 한 사람에게 적합한 공격 마법과 포션 제조법 등을 가르쳤다.

그런데 로바일 왕국에는 다양한 종족이 살지만, 신기하게도 길드를 방문하는 마법사는 이미 누군가의 가르침을 받는 사람이 많았다.

"아아, 마법 일파 녀석들이야. 이 나라에서는 방랑 마법사에게 배우기보다는 마법 일파에 제자로 들어가는 게 확실하다고 생각하거든."

"마법 일파?"

책장을 넘기던 손을 멈추고 도글 씨를 보니, 마법 일파가 뭔지 알려 준다.

"마법 일파란, 로바일 왕국의 마법사를 육성하는…… 집단이지."

현재 이 세계는 2,000년 전에 발생한 마법 문명의 폭주로 마력의 대량 소실이 있었다.

도글 씨와 함께 영주가 보유한 군함에 탄 나와 테토는, 크라켄이 출몰하는 해역으로 향했다.

"어째서, 우리가 있는데 모험가 따위에게 의뢰한 거야! 영주님은 우리의 실력을 모르셔!"

"그래, 맞아! 어디 사는 개뼈다귀인지 모를 마법사 따위에게 크라켄 토벌 같은 중대한 임무를 맡길 수 없어!"

배 갑판에서 마법사 이인조가 요란스럽게 소란을 피우고 있었다.

군함을 이끄는 선원과 병사들이 성가시다는 듯 쳐다보는 와중, 그들은 군함 지휘관인 남자에게 야단을 맞고 지르퉁한 태도로 자기들 담당 장소로 따라간다.

"있지, 저 사람들 혹시……."

"그래, 정 안 가는 마법 일파 녀석들이야."

도글 씨가 콧방귀를 끼고는 영주가 계약한 마법사들을 반만 뜬 눈으로 노려본다.

내가 봐도 저들의 실력은 잘 쳐줘 봐야 C등급 모험가 정도다.

들은 대로 크라켄을 토벌하기에는 다소 미덥지 못하지만, 결코 무능하지는 않은 듯하다.

"와아아아아! 마녀님! 배가 빨라요!"

테토는 군함의 선미 가까이에서 바람을 맞으며 즐거워하는 중이다.

이 군함은 자연풍만 받는 것이 아니라, 영주가 고용한 마법사들이 계속해서 돛으로 바람을 불게 해 나아가는 모양이다.

"배의 고속 이동 여부는 해적을 토벌할 때라든가 중요하겠지."

영주가 고용한 마법사들의 마력 배분을 생각하면, 배를 가속하는 데 마력을 계속 사용하고 크라켄 토벌에도 마력을 사용할 경우, 돌아갈 때나 도망쳐야 할 때 배를 가속할 수 없을지도 모른다.

가속이 안 되면 최악의 상황에는 승선원 모두가 다 같이 물고기 밥이 될 것이다.

그런 불상사를 피하고자 토벌을 위한 전력으로 나와 테토, 그리고 도글 씨를 배에 태웠으리라.

그리고 얼마 뒤, 크라켄이 자리 잡았다는 해역에 도착했다.

"지금부터 크라켄 토벌을 시작한다! 전원, 밑밥을 투입해!"

배에 탄 병사들이 갑판에서 피를 빼지 않은 마물 사체를 바다로 던진다.

마물 사체를 미끼로, 피 냄새와 사체에 남은 마석의 마력으로 크라켄을 낚아서 유인하는 작전이다.

그러나 이 방법은 크라켄 말고 어중이떠중이인 다른 수생 마물도 딸려 온다.

"테토, 나는 상공에서 배를 지킬게! ——《플라이》!"

"마녀님~, 테토도 열심히 배를 지킬게요~."

내가 비행 마법을 사용해 갑판에서 하늘로 뛰어오르는 것을 보고 테토가 손을 흔들어 배웅한다.

그 모습을 보고 배에 탄 선원과 병사, 마법사들이 놀란 표정으로 올려다본다.

특히 마법 일파의 마법사들은───,

"비, 비행 마법?!"

"말도 안 돼! 우리 일파에서도 소수밖에 쓰지 못하는 고등 마법인데?!"

그러면서 놀라고 있다.

"괜찮을까요? 저 어린 소녀에게 맡겨도."

배에서 혼자 날아올라, 바닷속에서 마물이 접근하는 것을 상공에서 대기하는데, 갑판에 있는 배의 병사 중 한 사람이 걱정하듯 말한다.

"걱정하지 마요! 마녀님은, 강해요!"

"【하늘을 나는 양탄자】는 폼으로 A등급을 단 모험가가 아니야. 그리고 소녀라고 했는데 저 녀석은 아마 자네보다 연상일걸!"

테토의 대답에도 병사는 여전히 불안해 보였지만, 실력과 실적, 길드 마스터의 직위 등으로 신뢰가 깊은 도글 씨의 말에 재차 놀란다.

"흐, 흥! 겨우 비행 마법 쓸 줄 아는 정도로 유난은! 저 상태를 유지한 채로 공격 마법을 쓰는 건 어렵다고!"

떨리는 목소리로 허세를 부리는 마법사들의 말에, 병사들에게 또다시 그늘이 서린다.

"자, 병사들의 불안을 잠재워 볼까. ──《사운드 붐》, 《선더 볼트》!"

나는 해수면을 향해 두 가지 마법을 시전했다.

하나는 바람의 마법으로, 증폭한 소리를 결계로 에워싸 압축한 음향 폭탄.

그리고 또 하나는 내가 자주 써서 익숙한 벼락 마법이다.

"뭐, 뭐야?!"

음향 폭탄 마법이 바닷속에서 폭발하여 거센 물기둥을 일으켰다. 밑밥에 낚인 수생 생물들이 충격파를 맞아 기절하거나 부레가 파열됐다.

그런데도 살아남은 마물은 벼락으로 바닷속에 퍼진 고압 전류에 의해 한꺼번에 감전사하여 해수면에 둥둥 떠올랐다.

"괴, 굉장해…… 이것이 A등급 모험가 【하늘을 나는 양탄자】의 힘……"

벼락으로 인해 들끓은 바닷물에서 증기가 올라오지만, 바람의 마법으로 증기를 날려 버리고 해수면에 뜬 마물들을 내려다본다.

"대어네. 이 정도면 소재도 그리 상하지 않았겠지."

수중이라는 유리한 지형 조건 탓에 토벌 난도가 높게 설정되는 수생 생물들이지만, 오히려 수중이란 특수한 환경에서 살기에 다양한 내성에 약하다.

나는 그러한 내성의 약점을 노리면서도 소재가 고이 남는 마법을 고른 것이다.

"꽤 재치 있게 쓰러뜨린 것 같은데. ──《사이코키네시스》."

이번에는 어둠의 마법에 속하는 염동력을 사용하여 해수면에 뜬 수생 생물들을 들어 올렸다.

마물 사체를 군함에 가져다 놓으려 옮기는데 바닷속 깊은 곳에서 강력한 마력을 지닌 마물이 접근해 왔다.

"──모두! 강력한 마물이 접근하고 있어! 조심해!"

　내가 바람의 마법 《위스퍼》로 승선원들에게 귓속말로 경고한 직후, 무수한 촉수가 해수면을 뚫고 나왔다.

5화 【크라켄 토벌 해전】

　해수면을 뚫고 나온 촉수가 《사이코키네시스》로 끌어 올리던 사체를 얽매더니 그중 일부를 바닷속으로 끌고 들어간다.

　그를 시작으로 해수면이 솟아올라 크라켄의 대가리가 모습을 드러낸다.

　"으어어어! 크라켄이 나타났다아아아아악!"

　"전원, 자기 자리를 지켜라! 병사는 석궁을 들어!"

　"작살을 닥치는 대로 꽂아 줘라!"

　역시, 군함을 타는 선원과 병사들이다.

　크라켄의 등장을 각오했기에 낮은 둔덕 정도의 크기에도 선원들은 혼란에 빠지는 일 없이, 각자 할 수 있는 최선의 방법으로 힘을 보태려 한다.

　그런 와중, 크라켄이 촉수 몇 개를 군함을 휘감으려 뻗지만——.

　"하아아아아앗! 입니다!"

　【신체 강화(剛化)】를 두르고 마검에 마력을 실은 테토의 참격이 촉수를 잘라 날려서 갑판으로 두툼한 촉수가 떨어진다.

　"나도 질 수 없지! ——【용화(竜化)】!"

　배에 타고 있던 도글 씨도 등에 진 대검을 뽑아 들고는 용인 고유의 스킬을 발동한다.

우두둑 소리가 나며 얼굴이 용 머리로 변화하고 팔을 감싼 비늘의 범위가 넓어진다.

용인 속에 흐르는 용의 피를 해방해서 신체 능력이 대폭 향상되었다. 해방한 힘으로 휘두른 대검의 일격이 크라켄의 촉수를 날려 버린다.

"역시 A등급 모험가. 길드 마스터를 맡고는 있지만, 용인은 장수 종족이라 여전히 현역인가 보네. ——으쌰."

갑판 위에서 싸우는 테토와 도글 씨에게 감탄하는데, 공중에 있는 나와 내가 염동력으로 들어 올린 마물 사체를 향해 뻗어 오는 크라켄의 촉수를 피하기 위해서 더 높이 날아오른다.

기껏 잡은 수생 마물 사체를 이 이상 가로채 가는 건 싫다.

"우리가 크라켄을 무찌르고 실력을 증명해야 한다! ——《윈드 불릿》!"

"모험가 따위에게 뒤지지 마라! ——《윈드 커터》!"

갑판에서는 영주가 고용한 마법사들도 지팡이를 들고 본인의 특기 마법을 쏘아 응전했다.

C등급 마물에게는 그들의 마법이 통했을 테지만, B등급 중에서도 B+로 상위인 크라켄의 몸에 바람 탄환의 충격은 흡수되고 바람 날 마법도 몸통 일부에 흠집만 날 뿐. 동강을 내기에는 턱없이 부족하다.

"크라켄을 절대 놓치지 마! 여기서 해치운다!"

병사들도 배 가장자리에서 석궁을 쏘고 작살을 던져 크라켄의 몸을 꿰뚫었다. 꿰뚫린 상처에서 푸른 체액이 흐르기 시작했다.

"자, 이제 끝내 볼까. ──《선더볼트》!"

높이 쳐든 지팡이를 내리 휘두른 나는, 1만 마력을 담은 벼락을 크라켄의 대가리 위로 떨어뜨렸다.

몸에 직접적으로 관통한 고압 전류가 크라켄의 목숨을 거두었다. 표면의 색이 벼락에 타서 부옇게 탁해졌다.

"살짝 덜 구워졌나?"

【마력 감지】로 크라켄의 숨통이 끊어졌는지 확인하고 【사이코키네시스】로 들어 올렸던 마물 사체와 함께 갑판으로 내려온다.

"마녀님, 어서 와요~."

"테토, 다녀왔어. 먹음직스러운 식량을 확보했어."

갑판에 내린 수생 마물 사체를 병사들이 걸리적거리지 않게 옮긴 뒤 해수면에 떠오른 크라켄에게 사슬이 달린 작살을 꽂는다.

작살과 쇠사슬로 연결된 크라켄의 사체를 군함으로 그대로 끌고 마을로 돌아갔다.

"저거, 영주님 배잖아!"

"꺄아아악! 저게 뭐야?! 마물을 끌고 왔어!"

"크라켄이다! 바다에 출몰했다더니 잡은 건가!"

"이봐, 갑판에 도글 씨가 있어!"

"도글 씨가 해치워 줬나 봐!"

크라켄을 끌고 항구 도시로 돌아오니 열광하는 주민들의 목소리가 갑판까지 들렸고, 항구에서는 사람들이 분주하게 배를 들일 준비를 하고 있었다.

"마녀님? 마석과 맛있어 보이는 마물은, 먹을 수 있어요?"

"안타깝지만, 오늘 토벌한 마물은 전부 의뢰주인 영주님이 갖기로 계약했어."

도착한 항구로 운반되어 간 수생 마물과 크라켄 사체를 어부와 마을에서 대기하고 있던 모험가와 길드 직원들이 총출동하여 해체하는 것을 바라본다.

이번에 크라켄의 출현으로 일시적으로 선박 유통이 중단되자, 나와 테토, 도글 씨의 A등급 모험가에게 토벌 의뢰를 낸 것이다.

그래서 영주 측의 지출이 꽤 크겠지.

지출을 조금이라도 메꾸려고 계약 조항에는 의뢰 중에 토벌한 마물의 소유권은 영주에게 있다고 명시되어 있다.

"둘 다 고생 많았어. 의뢰는 달성했는데, 이제 어떡할래?"

도글 씨가 우리에게 고생했다는 말을 건네며 이 뒤의 일정을 묻는다.

"우선 집에 가려고. 이삼일 후에 보수를 받으러 갈 건데, 왜?"

고개를 갸우뚱하며 그렇게 답한 내게 도글 씨가 장난기 어린 미소를 띠며 알려 준다.

"수생 마물을 대량으로 토벌했잖아. 이게 부위에 따라서는 잘 상하거든. 영주님께서 직접, 썩히느니 마물을 토벌한 기념으로 잔치를 열어 주신대."

"오! 그러면 생선을 먹을 수 있는 거예요?! 마녀님, 먹으러 가요!"

테토가 눈을 반짝거리며 재촉하여 나도 고개를 끄덕했다.

"그래. 마어(魔魚)류는 맛있다고 들어서 궁금해."

"좋아, 결정됐군! 술도 준비해 주신다니까 신나게 뒤풀이나 할까."

맛있는 요리와 술을 먹고 마실 수 있다는 이야기를 듣고 기뻐하는 테토에게 나는 못 말린다는 미소를 띠며 적당히 먹으라고 했다.

마물 해체와 식용 부위의 조리가 끝날 때까지 우리는 모험가 길드에서 기다리게 되었다.

테토와 도글 씨는 바로 마시기 시작한 한편, 술을 즐기지 않는 나는 과일 주스를 마시며 지난번에 산 책을 읽었다.

"크하! 테토 양이 가져온 술, 맛이 참 좋네! 어디 술이야?"

"마녀님이 마시라고 줬어요~."

테토가 꺼낸 건 【창조 마법】산(産) 브랜디로 테토가 즐겨 마시는 술이다.

오늘은 내 얼음 마법으로 만들어 낸 얼음으로 희석하여 홀짝홀짝 마시는 중이다.

"저기, 치세 양도 한잔하지 않을래? 나이는 먹을 만큼 먹었잖아."

낮에 혈색이 도는 도글 씨가 술을 권하기에 내가 책에서 고개를 들어 답했다.

"술이 별로 세지 않아. 게다가 사고와 판단력이 둔해지고, 맛있다는 것도 못 느껴."

【불로】로 인해 정체한 열두 살의 몸에는 술이 잘 안 받는다.

못 마시는 건 아니지만, 마법으로 간 기능 강화와 알코올 분해 등을 걸어야 하기에 무리해서 마실 마음은 없다.

"흐~응."

내 대답에 도글 씨가 김샌 소리로 답을 한다.

"그러고 보니 치세 양은 책을 많이 읽던데 무슨 책을 읽는 거야?"

"흥미로워 보이는 책이라면 뭐든. 지금 보는 건【로바일 왕국의 설화집】이란 책인데【용사 도그린】이라는 이야기를 읽는 중이야."

이건 로바일 왕국 각지에 전해져 내려오는 전승과 옛날이야기 등의 설화를 엮은 책이다.

한 권에 여러 이야기가 들어 있어서 아이에게 읽어 주기에 좋다.

지금 읽는【용사 도그린】의 내용은 이렇다. 해안으로 밀려온 아름다운 용인 여성을 발견한 용인 청년이 그녀를 보살피다가 사랑에 빠졌고, 아이가 태어난다.

태어난 아이는 매우 힘이 강해서 인간에게 해를 끼치는 마물을 쓰러뜨려 용사라 불렸다는 그런 이야기다.

카구야 공주 이야기와 모모타로를 합친 듯한 이세계 버전의 설화에 친근감과 그리움을 느꼈다.

"【용사 도그린】이라……. 오랜만에 듣네. 참고로 말하자면, 그 용인 용사의 자손이 바로 나야."

도글 씨의 말에 나는, 주정뱅이의 농담을 들었을 때처럼 불신하는 눈으로 쳐다보았다.

"치세 양, 눈빛이 차가워……. 나도 거짓인지 진실인지는 모르지만, 우리 가문에서는 그렇게 전해져 내려오고 있어."

그렇게 말한 도글 씨는 자기 목에서 무언가의 비늘로 만들어진 펜던트를 꺼냈다.

조금 닳고 색도 빠지거나 벗겨졌지만, 그래도 눈을 뗄 수 없는 매력이 느껴진다.

"뭐야?"

"선조 때부터 이유도 모르고 대대로 물려받은 비늘 펜던트야. 구전으로는 도그린의 모친이 용의 비늘 펜던트를 가지고 하늘에서 내려왔다고 해."

"헤에, 그렇구나."

그의 집안 이야기인 듯한 얘기를 들으며 내가 읽는 책과 비교한다.

전승과 옛날이야기가 전해져 내려오는 과정에서 누락된 정보가 몇 가지 있겠지.

도글 씨가 하는 이야기의 일부는 그렇게 빠진 정보의 단편일지도 모른다.

"재미있는 이야기를 들려줘서 고마워."

"뭐야, 치세 양은 믿어? 나도 안 믿는데. 아버지와 어머니께서는 그저 용인 용사 도그린처럼 사람을 돕는 강한 아이로 자라라는 의미로 들려주신 거였어."

자신의 옛이야기를 하면서 술을 마시는 도글 씨가 자조적으로 웃었다. 나는 페이지를 넘겨 다른 전승을 읽는다.

"아니, 이 책에는 그 밖에도 '하늘에서 내려왔다'라는 내용으로 시작하는 설화가 많아. 그러니 어쩌면 정말로 하늘에서 내려온 게 아닐까?"

바다와 접한 나라의 설화라면 바다에서 왔다면서 시작하는 게 일반적이지만, 이렇게 공통점이 많다면, 정말로 하늘에서 내려왔을지도 모른다는 생각이 든다.

"마녀님, 생기가 넘치고 즐거워 보여요! 즐거워하는 마녀님을 보면, 테토도 기뻐요!"

"아, 설화에서 하늘에서 내려왔다는 게 사실인지는 모르겠지만, 왕국이 생기기 전부터 바다 위를 부유도가 순회하고 있다지. 십수 년에 한 번은 왕도 방면으로 접근한다나."

"그렇구나. 어쩌면 그 부유도를 본 사람이 재미있는 설화를 지었을지도 모르고, 혹은 정말로 부유도에 사람과 물건이 있을지도."

도글 씨의 얘기를 듣고 언젠가 그 부유도를 보기 위해 왕도로 가고 싶다고 중얼거린다.

그 후, 크라켄 토벌 축하 잔치의 요리가 완성되었고 요리를 먹고 배가 빵빵해졌을 즈음에 테토도 기분 좋게 취해서 테토를 데리고 집으로 왔다.

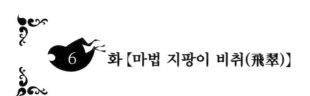

6화【마법 지팡이 비취(飛翠)】

크라켄 토벌 의뢰를 달성한 나와 테토는 모험가 길드에서 보수 계산이 끝날 때까지 【허무의 황야】의 저택으로 돌아와 있다.

저택의 한 방에서 나는 한숨을 쉬며 어느 물건을 바라보는 중이다.

"후우, 이걸 정말 어쩐담."

"마녀님, 아직도 고민해요?"

우리 눈앞에는 여신 라리엘이 남긴 부유석과 희귀 마법 금속이 놓여 있다.

라리엘의 의뢰로 폐갱에 자리 잡고 있던 마물을 퇴치한 보수로 받은 거지만, 옜다 하고 팔아 치우기에는 다소 위험한 물건이다.

"마녀님의 새로운 지팡이를 만드는 데 쓰면 좋겠어요!"

"지팡이? 그래……. 그러는 게 좋을지도 모르겠어."

마법사의 지팡이는 마력을 통하게 함으로써 마력 지향성을 정돈하고 마력 제어를 수월하게 한다. 또 지팡이 선단에 쓰이는 촉매가 특정 속성 마법의 위력을 강화하여, 상대적으로 마력 소비 경감 효과를 기대할 수 있다.

내가 30년 동안 써 온 떡갈나무 지팡이는 사실 성능이 그리

좋지 못하다.

마력 제어력 향상과 마법 위력 강화를 상상하고 【창조 마법】으로 창조했으나 전생한 직후, 마력량이 적은 상태에서 만든 지팡이라서 성능도 그에 걸맞게 튼튼하기만 한 지팡이다.

게임식으로 표현하자면 '물리 공격력 2, 마법 공격력 1' 정도의 그야말로 초기 장비인 셈이다.

"그렇지만 지금 사용하는 지팡이도 좋은 점이 없는 건 아니란 말이지⋯⋯. 전 속성 마법에 대응할 수 있고."

마법사의 지팡이에 쓰는 촉매에는 특정 속성 마법의 위력이 강화되는 효과가 있다.

그러나 역으로 촉매와 마법 상성이 나쁘면 마법의 위력이 약화하기도 한다.

그래서 많은 마법사들은 자신의 특기 속성에 맞춰서 지팡이의 촉매 등을 고르고 구사하는 마법의 범위를 좁힌다.

"그런데 나는 마력량이 커서 굳이 구사할 마법을 제한할 필요가 없지."

오히려 이제까지 쓴 지팡이가 장점이 적었던 만큼 단점도 없어서 사용하기 편하다.

"마녀님은 하늘을 날 때 지팡이와 빗자루를 구분해서 쓰잖아요. 그러니까 하늘을 날 때도 쓸 수 있는 지팡이를 만드는 것도 괜찮을 듯해요!"

"아아, 이해했어. 비행용 지팡이라."

부유석을 촉매로 쓰면 【바람의 마법】에 속하는 비행 마법의 이동 속도가 향상되어 부유를 유지하는 데 필요한 마력 제어와 마력 소비를 완화해 준다.

"만약 그렇게 만든다면, 소재는 뭐가 좋을까?"

"세계수가 있어요!"

"아~, 세계수 말이구나."

마력 방출량이 큰 식물로 창조한 세계수는 이 【허무의 황야】에서 자랐다. 초창기에 심은 나무들은 한층 더 커졌다.

폭풍이 친 다음 날에는 세계수에서 부러진 굵은 나뭇가지가 떨어져 있다. 세계수의 나뭇가지는 희귀 소재이기에 베레타와 다른 봉사 인형들이 주워서 보관해 놓는다.

"지팡이 소재로는 최고급이지. 지팡이 제작에 필요한 다른 소재로는 뭐가 좋으려나?"

"테토는 세계수 나뭇가지를 가져올게요!"

나는 줄곧 수집해 온 장서 중에서 마도구 장인용의 지팡이 만들기 교본을 꺼내어 읽기 시작했다. 테토는 세계수 나뭇가지를 가지러 방에서 나갔다.

"마녀님~, 지팡이 나뭇가지! 가져왔어요!"

"고마워, 테토. 책도 대충 훑었으니, 바로 만들어 볼까."

우리 앞에는 세계수 나뭇가지와 부유석, 미스릴 광석이 놓여 있다.

"우선, ──《익스트랙션》!"

베레타가 사용하던 금속 추출 마법을 미스릴 광석에 건다.

땅의 마법과 연금술에서 쓰이는 마술로, 미스릴 광석에서 불순물을 걸러 고순도 미스릴을 추출할 수 있다.

그리고 미스릴을 주괴 형태로 정돈한 뒤, 다음으로 부유석을 손에 들었다.

"──《차지》. ……정말 뜨네."

"와, 아름다워요!"

부유석에 마력을 넣으니, 녹색으로 빛나면서 인력과 반대되는 척력이 발생해 탁자 위에서 떴다.

어쩌면 부유석은 풍속성 외에도 중력 마법 등의 암속성 성질을 겸비한 촉매일지도 모른다.

"일단은, 손질하자."

마력을 주입하여 부유석이 뿜는 빛을 참고해서 불필요한 부위를 깎아 낸다.

부유석은 마력을 주입하면 더 단단해져서 필요 없는 부위를 깎는 작업은 금세 끝났다.

마지막으로 【창조 마법】으로 만든 연마용 왁스로 표면을 닦아 광을 내니, 짙은 녹색으로 빛나는 결정이 되었다.

"오! 보석처럼 됐어요!"

"세공해서 진짜 보석처럼 만드는 것보다는 이 모양 그대로 지팡이에 써야겠어. 어디 보자, 받침은──."

조금 전에 식탁에 둔 미스릴 주괴를 방대한 마력으로 점토 주무르듯 만진다.

그런 다음 가느다란 미스릴 덩굴이 공중에 뜬 부유석에 휘감기듯 받침을 이룬다.

"이로써 끝부분은 완성했어. 이제 지팡이 쪽을 만들어야지."

나는 테토가 가져와 준 세계수 나뭇가지를 몇 개 들어서 굵기와 크기를 확인했다.

그러고는 마음에 든 세계수 나뭇가지 한 개를 연마 마법으로 다듬어 지팡이를 만들었다.

깔끔하게 다듬어진 세계수 나뭇가지에 왁스를 발라 말린 뒤에 부유석을 얹은 미스릴 받침과 맞붙인다.

그리하여 완성한 지팡이에 지팡이의 기능뿐만 아니라, 【하늘을 나는 양탄자】와 이제껏 써 온 하늘을 나는 빗자루와 같은 비행 마도구로서의 기능도 추가한다.

"내 새로운 지팡이, 완성."

비행 시에 이용하는 하늘을 나는 빗자루와 비슷한 크기로 만든 긴 지팡이다.

"시험 삼아 써 보자."

"네!"

테토와 나는 새 지팡이를 가지고 저택 밖으로 향하는 도중, 베레타와 마주쳤다.

「주인님, 새 지팡이를 완성하셨나요?」

"응, 완성했어. 이거야."

세계수 나뭇가지와 미스릴, 부유석을 사용한 긴 지팡이를 베레타에게도 보여 준다.

"새로 만든 지팡이를 시험해 보러 가는 중인데 베레타도 갈래?"

「저도 동행하겠습니다.」

나는 다시 테토와 베레타를 데리고 【전이 마법】으로 【허무의 황야】에서도 손길이 닿지 않은 곳으로 이동했다.

"좋았어. 여기라면 마법을 아무리 써도 다른 곳에는 영향을 미치지 않겠지."

"마녀님, 해 보세요! 벽을 세웠어요!"

「계측은 제가 하겠습니다.」

테토가 땅의 마법으로 과녁으로 쓸 벽을 세우고 베레타는 객관적 평가를 맡겠다고 자처한다.

둘의 응원을 받은 나는 지팡이를 쥐고 마력을 흘려 보낸다.

"……이거, 굉장한걸."

지금껏 쓴 지팡이는 【창조 마법】으로 창조한 범용 지팡이지만, 부유석 지팡이는 염려스러울 정도로 마력이 내부에서 증폭하고 있다.

그리고 내부에서 증폭된 마력이 초록빛 인광이 되어 주변으로 퍼진다.

"──《윈드 커터》."

날아간 바람 날은 내가 아는 《윈드 커터》와 크기는 같았다.

그러나 바람 날 속의 마력 밀도가 어마어마하게 높아서 테토가 세운 흙벽을 간단히 절단했다.

"인간에게는 쓸 수 없는 위력이네. 테토, 큰 바위를 만들어 줘."

"알겠어요!"

땅의 흙을 압축해 만든 큰 바위를 과녁 삼아, 이번에는 바람 탄알 마법을 쏘았다.

압축된 서른 발의 바람 탄알이 바위를 중간 정도까지 파고들었다.

"관통력과 공격력이 높구나. 다른 마법은———."

지팡이의 성능을 베레타가 계측한 결과, 바람의 마법은 약 열배, 어둠의 마법과 무속성 마법은 세 배쯤 위력이 향상할 것으로 전망된다고 한다.

그 밖의 마법은 위력이 세지지 않았지만, 약해지지도 않았다.

"무서운 위력이었어. 되도록 절제해서 써야겠어."

공격력이 꽤 높은 벼락 마법인《선더볼트》에도 바람의 마법의 요소가 포함되어 있다.

이제껏 쓰던 감각대로 쓴다면 위력이 열 배까지 뛰어올라 괜한 피해를 낼지도 모른다.

"하는 수 없지. 제한 장치를 달 수밖에."

지팡이 밑동에 미스릴로 만든 마개를 만들어 끼우고 마개에 지팡이의 능력을 제한하는 부여 마법을 건다.

마개를 끼우니, 촉매로 인해 증폭된 부유석 지팡이도 원래 사용하던 떡갈나무 지팡이와 같은 수준까지 마법 위력이 제한되었다.

또한 초록빛 인광을 발하는 상태에서는, 지팡이 자체도 마력으로 강도가 올라가서 장술(杖術)의 타격 무기로도 쓸 수 있는 듯하다.

"그러면 이번엔 하늘을 날아 볼게."

"마녀님, 이따가 테토도 태워 줘요!"

「주인님, 조심하십시오.」

나는 능력을 제한한 지팡이에 올라타 지면을 찼다.

부유석이 힘을 방출할 때 내뿜는 초록빛 인광을 남기면서 상공으로 오른다.

"좋은걸. 이전과 비교해서 반응이 빨라."

기존의 하늘을 나는 빗자루는 가속과 감속, 선회의 반응이 미묘하게 늦는 듯했다.

그런데 새 지팡이는 마치 내가 생각하는 대로 움직여 준다.

게다가 지팡이 주변으로 발생한 척력이 바람막이 결계처럼 작용해서 공기 저항이 없는 것처럼 날 수 있다.

또 급속으로 방향을 틀 때 작용하는 원심력도 지팡이가 반대되는 힘인 구심력을 만들어 지탱해 주어서 휘둘리지 않고 비행이 가능하다.

"뭐랄까, 낼 수 있는 속도에 한계가 없다는 듯 마력을 삼키는 지팡이야."

이전에 쓰던 하늘을 나는 빗자루와 같은 마력량을 흘려 넣어 날고 있는데 비행 능력은 그 이상의 성능을 발휘한다.

지팡이의 촉매인 부유석이 계속해서 마력을 흡수하고 흡수한 마력을 증폭하여 속도로 변환하고 있다.

만약 한계까지 마력을 주입하면 속도를 얼마나 낼 수 있을지, 나는 무서워졌다.

"비행 속도에도 제한을 둬야겠어. 고속 비행 시의 사고 방지 마도구도 몸에 지니고 다니고."

나는 지팡이를 조종해 테토와 베레타가 있는 곳으로 내려선 다음, 그 자리에서 하늘을 나는 지팡이를 재조정했다.

"후, 이러면 되겠지."

지팡이 몸통에도 미스릴 링을 끼우고 링에 지팡이의 능력 제한을 추가했다.

비행 시의 속도 제한과 낙하 시의 낙하 속도 감소, 보호 결계 등, 여러 마법이 발동하게끔 부여 마법을 걸어 마도구화한다.

"좋아, 됐어."

"마녀님, 테토도 마녀님 뒤에 타 보고 싶어요!"

"좋아. 베레타는 어떡할래? 탈래?"

지팡이 크기상 나와 테토 두 사람만으로도 자리가 차서 탄다면 테토 다음에 타야 하는 베레타에게도 묻는다. 그러자 베레타가 조용히 고개를 가로저었다.

「주인님, 괘념치 마세요. 저는 여기서 차를 준비해 놓고 기다리겠습니다.」

"그래? 그러면 다녀올게."

베레타는 내가 【창조 마법】으로 창조한 마법 가방에서 탁자와 마도구 곤로를 꺼내어 차를 낼 준비를 하기 시작했다.

그리고 나는 테토를 뒤에 태우고 새 지팡이의 승차감을 확인하며 30분 정도 비행을 즐겼다.

신나게 타고 기분 좋게 베레타가 있는 지상으로 돌아왔을 때는 풍압으로 모래 먼지가 일지 않을까 불안했지만, 부유석이 지닌 척력이 살짝 착지할 수 있게 도와주었다.

"베레타, 다녀왔어."

"다녀왔어요!"

「어서 오세요. 차를 준비해 두었습니다.」

나와 테토는 황야 한가운데서 차를 마시면서 저 멀리 자라기 시작한 풀밭과 황야 중심지에 심은 나무들을 바라보며 쉬었다.

상공에서도 확인했지만, 정말로 30년간 용케 이만큼이나 넓혔다고 생각한다.

「주인님, 고생하셨어요. 그나저나 이 지팡이는 성능이 매우 훌륭한데 어떤 이름을 붙이시겠어요?」

"이름이라……."

베레타의 질문에 나는 가만히 고민한다.

하늘을 나는 지팡이와 부유석 지팡이 등으로 간편하게 부르던 나는, 초록빛 보석 같은 부유석을 보고 지팡이의 이름이 떠올랐다.

"그래. 【마법 지팡이 비취(飛翠)】는 어때?"

하늘을 날 때 선명한 비취색 인광을 발해서 그렇게 지었다.

"좋은 이름이라고 생각해요!"

「멋진 이름입니다.」

"그러게. 다만 성능이 너무 좋은 탓에 능력을 최대한으로 써주지 못하는 게 미안하네."

나는 방금 만든 새 지팡이를 한 번 어루만지고 【허무의 황야】에서 보내는 휴일을 즐겼다.

7 화【로바일 왕도로 가는 여정】

크라켄 토벌 후, 항구는 다시 활기를 되찾아 우리는 변함없는 나날을 보내고 있었다.

모험가 길드에 남는 비인기 의뢰를 수행하며【허무의 황야】를 오가는 생활을 계속하던 어느 날, 길드에서 의뢰를 맡으려던 우리는 길드 마스터 도글 씨에게 불려 갔다.

"미안하군, 불러내서."

"아니야, 괜찮아. 그보다 무슨 일 있어?"

"또 크라켄 같은 마물이 나왔나요?"

A등급 모험가인 우리를 응접실로 따로 부르기에 큰일이라도 났나 싶어 살짝 경계하는데 도글 씨가 쓴웃음을 지으며 우리의 염려를 부정한다.

"두 사람이 와 준 덕에 우리 마을 주변의 답보 상태였던 의뢰들이 줄어서 다행이야."

"그렇게 말해 주니, 고맙네."

"테토와 마녀님은 즐겁게 일했어요!"

우리 같은 A등급 모험가에게 맞는 의뢰는 달에 한 번 들어오면 많은 편이다.

그러니 필연적으로 하위 의뢰를 받을 필요가 있다.

보수가 괜찮은 의뢰는 그 의뢰 등급에 해당하는 모험가에게
맡기고 우리는 의뢰 보수가 평균 시세이거나 평균보다 적은 의
뢰를 맡고 있다.

보수가 너무 적은 의뢰는 길드에서 면밀히 조사한다.

의뢰주가 자산이 있는데도 보수를 내기 꺼린다면 의뢰의 보수
요율이 낮아져 모험가와 길드가 돈을 받지 못해 난처해진다.

그러한 일을 막기 위해 길드가 사전에 의뢰를 조사하여 거절
하기도 한다.

다만 개중에서 조사 결과, 의뢰주가 정말로 절박한 상황에 놓
였거나 보수를 조금밖에 내지 못할 경우, 혹은 장래를 내다봤을
때 위험 가능성이 있는 의뢰는 통과된다.

그런 의뢰는 수지가 맞지 않는 비인기 토벌 의뢰로 남을 확률
이 커, 나와 테토가 해결하고 다닌 것이다.

"로바일 왕국의 북부 연안 지역의 잠재 위협이 될 만한 비인
기 의뢰는 거의 해소되었어. 크라켄을 조기 토벌한 것도 그렇
고, 다시 한번 고마워."

"이러지 마. 우리에게 고개 숙일 필요 없어."

"마녀님과 테토는 할 수 있는 일을 했을 뿐이에요!"

고개를 숙인 도글 씨에게 우리가 고개를 들라고 하자, 도글 씨
가 난감한 듯 웃는다.

잠재 위협이 성장하여 보수가 오르면 모험가들은 그제야 그
의뢰로 눈을 돌린다.

그러나 그런 의뢰의 이면에는 이미 일어나 버린 피해가 존재

한다.

그래서 우리는 보지 않아도 될 피해를 미리 방지하는 의미도 포함해, 우리 손이 닿는 범위에서 비인기 의뢰라는 이름에 가려진 잠재적 위험을 제거하며 다녔다.

아림이 사는 폐갱 마을에서의 마물 퇴치는 그 단적인 예라 할 수 있다.

"정말로, 너희는 고결하구나. 예전에는 그런 걸 고려해서 의뢰를 맡는 일이 없었는데 길드 마스터가 되어 관리하는 쪽이 되고 절실히 느꼈어."

그렇게 말하면서 본인의 과거에 한숨을 쉬는 도글 씨지만, 아직 창창한 장수 종족 용인이 그러니, 조금 웃기다.

"아무튼 감사 인사는 받을게. 할 얘기는 이게 다야?"

"아니, 이 지역은 잠재 위협이 적어졌는데 A등급 파티가 여기에 계속 머무르는 게 아까워서 말이야. 왕도 길드로 가지 않겠어?"

"왕도 길드?"

"왕도 길드요?"

고개를 갸우뚱 기울이는 우리에게 도글 씨가 권한다.

"전에 크라켄 토벌 뒤풀이 때 그랬잖아. 언젠가 왕도에 가 보고 싶다고."

맞다. 부유도를 보기 위해서 언젠가는 왕도 쪽으로 여행하고 싶다고 하긴 했지만, 그 이유로 권할 줄은 몰랐다.

하지만 도글 씨가 말했다시피 이 항구 도시를 충분히 만끽했고 길드의 비인기 의뢰도 거의 다 처리했다.

"그래. 왕도로 이동하는 것도 괜찮을지도."

왕도라면 이곳 항구 도시보다 다양한 교역품이 들어올 테니, 재미있을 것 같다.

"마침 일주일 뒤에 왕도로 향하는 교역선을 호위하는 의뢰가 있어. 크라켄 토벌 의뢰로 해상 전투 실적도 있으니까 왕도로 가는 김에 맡지 않을래?"

"알겠어. 그 의뢰, 맡을게."

그리하여 나와 테토는 로바일 왕국의 왕도로 가기 위한 준비를 시작했다.

먼저 임대 주택을 정리하고 짐을 뺐다.

그다음, 이 마을을 떠나는 것이니 친하게 지내던 어부와 아침 장에서 알게 된 사람들에게 인사를 하고 돌아다니며 식재료를 사 두었다.

"바다에 나간다니, ──해모신 루리엘 님의 가호가 있기를."

"선박 여행은 좋은 바람과 함께해야지. ──천공신 레리엘 님의 은총이 있기를."

우리에게 덤을 얹어 준 어부 노인들이 순조로운 여정이 되길 빌어 주며 배웅했다.

나와 테토가 여신 리리엘에게 사도로 인정받은 게 알려지면 난리가 나겠다는 생각을 하면서 항구 도시에서 남은 날을 보냈다.

마지막으로 임대 주택에 설치한 【전이문】을 회수한 후에 집 열쇠를 집주인에게 건네고 그 길로 항구에 정박한 우리가 호위할 교역선을 찾아갔다.

"안녕하세요. 상인 워드 씨 맞으세요?"

"아아, 맞는데요. 아가씨들은 누구죠?"

볕에 타 까무잡잡한 중년 상인에게 말을 거니, 뒤돌아서 우리를 본다.

"길드 마스터 도글 씨의 추천으로 교역선 호위를 맡은 모험가입니다."

"이게 길드 카드입니다!"

나와 테토가 길드 카드를 제시하자, 의뢰주 상인이 놀라서 우리를 다시 확인하듯 위에서 아래로 시선을 떨어뜨린다.

"당신들이군요! 크라켄을 퇴치한 모험가가! 도글 씨에게도 겉모습은 소녀지만, 마흔이 넘은 베테랑이라는 얘기를 들었습니다!"

겉모습이 이래서 의심받고 무시당할 때가 많지만, 도글 씨가 미리 말을 해 둔 모양이다.

"저희가 교역선 호위를 맡는 건 처음이니, 여러모로 가르쳐 주세요."

"부탁합니다!"

"호위에 관해서는 우리와 전속으로 계약한 모험가에게 들으시죠."

약간 겸손한 교역상의 안내로 교역선에 올라, 이번 호위 의뢰에 관한 설명을 듣는다.

모험가와 선원이 하루 4교대로 바다를 감시하며 습격해 오는 마물을 퇴치하면서 항해해 나간단다.

이 시기에는 북쪽에서 내리 부는 바람 때문에 항해 일정은 2

주 전후라고 한다.

"우선, 감시 시간 외에는 마음대로 시간을 보내도 좋아. 잠을 자든, 밥을 먹든, 낚시를 하든."

"고마워. 실제로 임무를 수행하면서 배울게."

배의 갑판으로 가서 선원들이 선내로 옮기는 화물을 본다.

식재료와 물, 식사를 만드는 연료 등이 대부분이고 그 밖에는 그런대로 수익성이 있는 물건을 싣는다. 정말 중요한 짐은 상인의 마법 가방에 든 듯하다.

"그럼, 출발하자고!"

교역선이 왕도를 향해 출항한다.

어느 정도까지는 선원이 노를 저어서 나아갔다. 그러다 돛을 펼치니, 바람을 맞은 배가 물살을 헤치며 전진한다.

나와 테토는 배 뒤쪽에서 신세를 진 항구 도시를 바라보았다.

"즐거웠지."

"또 놀러 오고 싶어요!"

항구 도시 사람들의 밝고 떠들썩한 목소리 같은 게 떠오른다.

가려고 마음먹으면 【전이 마법】으로 언제든 오고 갈 수 있지만, 그때그때의 한 번뿐인 만남에도 즐거움이 있다.

그 즐거움을 가슴에 묻으며 삼각 모자를 벗어 바닷바람에 머리를 나부낀 나는, 앞으로 향할 로바일 왕국의 왕도의 모습을 상상했다.

교역선 호위 의뢰를 맡아, 로바일 왕국의 왕도로 향하는 우리는 배의 갑판에서 낚싯줄을 드리우고 있다.

"마녀님, 하나도 안 잡히잖아요."

"뭐라도 잡히면 감지덕지라는 마음으로 느긋하게 기다려 보자."

낚싯대를 든 나를 껴안고 앉아 내 머리에 턱을 얹은 테토와 함께 드넓은 바다를 바라본다.

"아가씨들, 오늘 저녁에 먹을 반찬은 잡았어?"

"잡기는. 입질도 없어."

교역선 상인이 고용한 호위 리더가 우리에게 말을 걸었다.

내가 옆에 놓인 빈 양동이를 가리키니, 씁쓸한 웃음을 짓는다.

"아이고, 이런. 그나저나 배에서 생활하는 건 좀 익숙해졌어?"

"그럭저럭. 배에서 준비해 준 밥은 먹기가 괴로웠는데 내가 직접 차려 먹을 수 있게 배려해 준 건 고마웠어."

우리의 상태를 보러 온 호위 리더에게 내가 감사 인사를 전한다.

식사는 보존 식품과 흔들리는 선내에서도 재빠르게 조리할 수 있는 게 대부분이다.

구체적으로는 물과 밀을 푹 끓인 죽이나 보리 죽, 말린 생선과 말린 고기, 소금이나 초에 절인 채소 등이 중심이다.

그렇기에 선내에서 먹는 식사는 맛있지 않았다.

그래서 둘째 날에는 우리 손으로 식사를 차렸다.

"정말 먹음직스러운 요리를 만들었었지. 테토 양은 배에서 생활하는 거 어때?"

"마녀님과 함께 못 자는 게 좀 불만이에요."

아무래도 교역선에는 선원 한 사람 한 사람에게 침대를 마련해 줄 공간이 없어서 우리는 해먹에서 잠을 잔다.

테토가 나를 껴안고 자지 못하는 것에 불만을 표한다.

나는 올라가는 데 요령이 필요한 흔들거리는 해먹에 누워 책을 읽거나, 이렇게 낚시를 하며 신선한 생선을 잡거나, 쉴 때는 모험가와 선원들과 대화도 하면서 그럭저럭 즐겁게 보내고 있다.

그리고──.

"……열 시 방향에서, 마물이 나타났어."

낚시하면서 배 주변으로 마력 감지를 펼쳐 두었다.

바닷속에서 접근하는 마물 무리를 느끼고 배를 바짝 쫓아온 것을 전달한다.

"감시원보다 빨리 발견하다니, 정말이야?! 동료를 불러 대응하지!"

"아니, 내가 가는 게 빨라. 오늘 저녁 반찬으로 먹고 싶기도 하고. 테토는 배를 부탁해."

"마녀님, 다녀오세요!"

그렇게 말하고 마법 가방에서 꺼낸【마법 지팡이 비취】에 올라타, 비행 마법으로 너른 바다로 날아간다.

그리고 감지한 마물 무리가 배 쪽으로 직선으로 곧장 오는 걸 보고 바다를 향해 마법을 쏘았다.

"오늘 저녁 밥반찬이 돼라! ──《사운드 봄》!"

압축한 음향 폭탄을 바닷속으로 발사하니, 세로로 거센 물기둥이 솟는다.

소리의 충격파로 기절한 물고기 마물은 해수면에 떠오르고, 기절은 안 했어도 혼란에 빠진 마물들은 뿔뿔이 도망간다.

내가 이어서 두서 발 더 바다로 음향 폭탄을 쏘자, 잇달아 기절한 마물들이 떠오른다.

"이제 주변에 마물 반응은 없네. 그럼, 들고 가 볼까. ──《사이코키네시스》!"

나는 염동력으로 해수면에 뜬 물고기 마물을 건져서 배까지 옮겼다.

"다녀왔어, 테토. 아주 많이 잡았어."

"마녀님, 어서 와요! 다 같이 생선을 손질해야겠어요!"

그리하여 테토와 선원들에게 손질당하는 수생 마물들.

기절한 사이에 대가리와 지느러미가 잘려 나가고 가른 배 속에 있던 내장과 마석을 꺼낸 뒤 벌린 생선 토막은 식재료가 된다.

손이 빈 선원들도 오늘 저녁은 신선한 생선을 먹을 수 있다는 기대에 차 적극적으로 돕는다.

"마녀님, 이 생선은 어떻게 조리하나요?"

"어디 보자. 항구 도시에서 소스를 샀으니까 튀겨도 좋겠어."

밑간한 생선에 밀가루를 바르고 달걀물을 입힌 뒤에 강판으로

간 빵가루를 묻힌다.

"이제 어떻게 해요?"

"튀길 거야."

마법 불꽃으로 기름을 프라이팬에 약간 둘러 덥히고 튀겨서 생선튀김으로 만든다.

흔들리는 선내에서야 기름을 대량으로 다루면 화재 위험이 있지만, 바다가 잔잔할 때는 기름을 소량으로 해서 튀길 수가 있다.

한쪽 면이 노릇노릇하게 익으면 뒤집어 익히다가 양면이 불룩 부풀면 마어 튀김이 완성된다.

"테토가 맛볼게요!"

"그래. 레몬즙이랑 소스도 있으니까 여러 방식으로 먹어 봐."

일단 나는 우리 점심 식사용으로 계속 생선을 튀기고 있는데 생선을 손질하던 선원과 호위 모험가들이 침을 꿀꺽 삼키며 먹고 싶다는 눈빛을 보낸다.

"조리법을 가르쳐 줄 테니, 알아서 만들도록 해."

"——와아아아아!"

"——와아아아아!"

"——와아아아아!"

선원들이 흥분해서 소리를 지르는 와중, 나는 튀김을 튀기는 방법을 시범으로 보여 주고 알아서들 만들어 먹게 한다.

마물이 있는 바다 위에서 선원과 모험가들이 온화한 교류의 시간을 갖는다.

이 외에도 배에서는 물로 몸을 씻을 수 없기에 청결 마법《클린》을 걸어 주거나 식수 확보에 쓰이는 생활 마법 《워터》를 여유 있는 선원들에게 알려 주며 지냈다.

식사는 맛없는 죽이 남기 십상인지라 맛을 살짝 가미하고 가지고 있던 말린 과일과 납작보리를 섞은 생지를 프라이팬으로 구워 죽 과자로 만들었더니, 선원들에게 호평이었다.

그렇게 선박 여행은 순조로웠고 예정된 항로를 반 이상 지났을 어느 날 밤── 흔들리는 해먹 위에서 자다가 눈을 뜨니, 예의 그 검은 공간에 있었다.

…………

……

…

"여긴 【꿈속 신탁】이구나. 리리엘과 라리엘이 또 불러낸 건가?"

"마녀님, 여신님과 또 만날 수 있다니 기뻐요!"

여신의 사도가 된 나는 주변을 둘러보고 테토는 들떠 있는데 리리엘도, 라리엘도 아닌 한 여성이 나타났다.

리리엘과 라리엘처럼 등에 날개가 돋았고 웨이브가 들어간 파란 머리 위로는 빛의 고리가 빛났다. 고상한 색기를 자아내는 여성이었다.

그리고 무엇보다 리리엘과 라리엘보다 큰 가슴이 자기주장을

심하게 하고 있다.

「반가워, 리리 언니의 새로운 사도 아가씨. 나는 해모신 루리엘이라고 해.」

"나도 반가워, 치세야."

"테토입니다! 잘 부탁입니다!"

처음 나타난 여신에게 간단하게 자기소개를 한 우리에게 루리엘이 미소를 짓는다.

쾌활한 라리엘과 고지식한 리리엘과 다르게 의젓한 분위기를 풍긴다.

「줄곧 만나 보고 싶었어. 라 언니와 리리 언니가 하도 자랑해서! 이번 전생자는 그 【허무의 황야】를 재생하는 데 진력을 다한다고!」

"우리는 그저 우리가 살 곳을 만들었을 뿐이야."

"지금은 베레타와 다른 봉사 인형도 있어서 즐거워요!"

「그렇구나, 잘됐어.」

온화한 웃음을 지은 루리엘이 우리를 부드럽게 바라본다.

그리고──.

「작은 몸으로, 대견하기도 하지.」

"저기……. 머리는 왜, 쓰다듬어?"

「귀여워서?」

작게 고개를 갸웃하며 손을 뺨에 갖다 대는 모습은 귀여웠다. 그러나 루리엘의 언동에 테토가 경계심을 불태우며 나를 껴안는다.

"마녀님을 뺏어가면 안 돼요!"

「후훗, 안 뺏어가. 질투하는 테토도 귀엽네.」

"흐아아아아⋯⋯."

나를 꽉 안은 테토까지 함께 끌어안는 루리엘의 포용력은 지모신 리리엘보다 큰 듯하다.

「후후, 미안해. 내 영역에 가까이 와 줘서 나도 모르게 오랜만에 들떴어.」

"하아, 그러셔."

의젓해 보였는데 장난스러운 면이 살짝 있는 것 같다.

해모신 루리엘──물을 관장하는 여신인데, 옛【허무의 황야】에는 수원이 없었고 지금 있는 수원도 아직 루리엘의 영향력을 받지 않아서 이렇게 만난 게 기쁜 모양이다.

「천공신 레리도【허무의 황야】의 대결계 탓에 바람을 타고──정확히는 대기를 유동하는 마력의 흐름을 통해서 간섭하기가 어려웠고, 막내 로는 죽음과 안녕을 주는 명부신이지만 계속 잠들어 있단 말이지. 아, 2,000년 전에 있었던 마법 문명 폭주의 피해자들 영혼을 해방해 준 일은 고맙게 생각해. 그리고⋯⋯.」

일방적으로 늘어놓는 루리엘의 이야기에 현기증을 느끼면서도 맞장구를 친다.

다 얘기했는지 만족스러워하는 루리엘이 우리에게서 떨어진다.

"그래서 루리엘, 우리에게 무슨 볼일이 있어 부른 거 아니야? 라리엘처럼 의뢰를 맡기려고?"